[美国]希尔维亚·克莱尔 等／著

鲁 等／译 蔡菲菲／绘

小冬青树之歌

GUANGXI NORMAL UNIVERSITY PRESS
广西师范大学出版社
·桂林·

小冬青树之歌
Xiao Dongqingshu Zhi Ge

出 品 人：柳　漾
编辑总监：周　英
项目主管：冒海燕
责任编辑：冒海燕
装帧设计：林格伦文化
封面设计：李　坤　潘丽芬
责任技编：李春林

图书在版编目（CIP）数据

小冬青树之歌 /（英）希尔维亚·克莱尔等著；徐
鲁等译；蔡菲菲绘. --桂林：广西师范大学出版社，
2017.9（2019.3 重印）
（魔法象. 故事森林. 世界大作家寄小读者丛书）
ISBN 978-7-5495-9820-5

Ⅰ . ①小… Ⅱ . ①希…②徐…③蔡… Ⅲ . ①童话 –
作品集 – 世界 Ⅳ . ①I18

中国版本图书馆 CIP 数据核字（2017）第 127988 号

广西师范大学出版社出版发行

（广西桂林市五里店路 9 号　邮政编码：541004
网址：http://www.bbtpress.com ）
出版人：张艺兵
全国新华书店经销
河北远涛彩色印刷有限公司印刷
（河北省石家庄市栾城区冶河村　邮政编码：050000）
开本：880 mm × 1 240 mm　1/32
印张：6　　　字数：88 千字
2017 年 9 月第 1 版　　2019 年 3 月第 2 次印刷
定价：21. 80 元

如发现印装质量问题，影响阅读，请与出版社发行部门联系调换。

前言

　　曾经有许多人这样设想过：假如有一天，你将独自一人驾驶着一艘小舟绕地球旅行，或者你将独自一人前往一座孤岛，在那里生活一年甚至更久的时间，而你只能（或者说只允许你）选择一样东西带在身边，供自己娱乐，那么，你将选择什么呢？

　　是一块大蛋糕、一盒扑克牌、一只小松鼠、一幅美丽的图画，还是一本书、一个八音盒、一把口琴，或一只装满了纸的画箱？

　　每个人都可以自由地做出自己的选择。然而大多数人表示，更愿意选择一本书。蛋糕一吃就没了；扑克牌和松鼠不久就会变得乏味；围绕在孤岛四周的大海上的景色，胜过你带去的最美丽的图画；八音盒和口琴只能唤起你更大的孤独感；画箱里的纸装得再多也会用完……而唯有一本书——一本你所喜爱的书，才仿佛是一位永远亲切而有趣的旅伴。

　　它将伴随你，给你无穷无尽的想象和欢乐，使你百读不厌、常读常新，不断地感知和发现新的真理；它将帮助你战胜寂寞和孤独，像黑夜里的明灯、星光和小小的萤火虫，为你照亮夜行的小路，指引你、帮助你去认识世上的善恶和美丑。

是的，什么也不能像书那样帮助我们，用生活、用心灵去感知和认识未知的事物。英国著名女作家尤安·艾肯在1974年为国际儿童图书节所写的献辞里讲到，如果有一天，她真的独自漂流在茫茫的大海上，身边只有一本书为伴，那么，"我愿意坐在自己的船里，一遍又一遍地读那本书"。她说："首先，我会思考，想想故事里的人为何如此作为。然后，我可能会想，作家为什么要写那个故事。接下来，我会在脑子里继续这个故事，回过头来回味我最欣赏的一些片段，并问问自己为什么喜欢它们。我还会再读另一部分，试图从中找到我以前忽视了的东西。做完这些，我还会把从书中学到的东西列个单子。最后，我会想象那个作者是什么样的，全凭他写书的方式去判断他……这真像与另一个人同船而行。"女作家相信，在这种情况下，一本书就是一位好朋友，是一处你随时乐意去就去的熟地方。而且从某种意义上说，它是只属于自己的东西，因为世上没有两个人用同一种方式去读同一本书。

另一位国际安徒生奖获得者、苏联著名儿童文学家和教育家谢尔盖·米哈尔科夫，写过一本关于儿童成长与素质教育问题的散文名著《一切从童年开始》。他在这本书的开篇就指出：书是孩子们生活中最好的伴侣。他说，无论孩子们的家庭生活和学校生活多么有趣，可是如果不去阅读一些美好、有趣和珍贵的书，也就像被夺去了童年最可贵的财富一样，其损失将是不可弥补的。很难设想一个没有阅读、没有好书的记忆的童年会是什么样子。他告诉所有的家长、老师和为孩子们工作的人："一本适时的好书能够决定一个人的命运，或者成为他的指路明星，确定他终生的理想。"这本书中还有一章《生活中的伴侣：书》，专门谈论书与阅读对一个孩子的成长的重要性和影响力。他谈到，有些书，一个人如果不在童年时读到它们，不曾在童年时代为它们动过真情、流过眼泪，那么这个人的本性和他整个的精神成长，就可能有所欠缺，甚至"将是愚昧和不文明的"。他举了自己在八岁时所记住的诗人涅克拉索夫的几行诗为例，它们出自《涅克拉索夫选集》："在我们这块低洼的沼泽地方，要不是总有人用网去捕，用绳索去套，各种野兽会比现在多五倍，兔子当然也一样，真让人心伤。"他说，过去了许多年——超过了半个世纪之后，这些诗句仍然没有失去当年迷人的魅力，它们仍然在不断地唤醒他的良知和爱心，像童年时一样。他小时候还读过一本文字优美的诗体小说《马扎依爷爷》，当他自己也成了一名作家后，他仍然要特地去看看当年马扎依爷爷搭救可怜的小兔子的地方。他举这些小例子只为了说明，一个人，只有从小热爱、珍惜和尊重自己祖国和世界最优秀的文学遗产——那些读也读不尽的好书——你的精神世界才会变得丰富、健全、美好和高尚。

　　本套丛书精选了适合少年儿童读者阅读和欣赏的作品。这些作品，或许可以视为一代代文学大师与幼小者们的心灵对话，是一棵棵参天大树对身边和脚下小花小草们的关注与祝福，是属于全人类的文学遗产中珍贵和美丽的一部分。从这些文学大师的形形色色的童年生活细节和独特的成长感受里，我们的小读者不仅可以获得启示，也可以得到文学的享受、美的熏陶。

自然，世界上的书是各种各样的，这是因为我们这个世界本身是丰富多彩的。欢乐的、悲哀的，真实的、魔幻的，崇高的、卑微的，美好的、丑恶的，等等，整个活生生的世界，都可能进入一本书中。也许正因为如此，我们才更加觉得书的神奇与伟大。我们从不同的书中，既可以看到我们所赖以生存的这个真实的世界，以及我们周围的真实的人、所发生的真实的事件，又可以看到那些来自于写书人头脑的虚构和幻想中的世界、人物和故事，如巨人和小矮人、恶毒的巫婆、善良的精灵、神秘的外星人、聪慧的魔法师、美丽的海妖、可怕的吸血鬼，等等。

美国女诗人艾米莉·狄金森写过这样几行诗："没有任何大船，能像书本一样，载着我们远航；没有任何骏马，能像一页页奔腾的诗行，把我们带向远方。"是的，一本书可以超越最久远的时间和最辽阔的空间，让我们在任何时候和任何地方，都能够反复看到最古老的过去或最遥远的未来。书，帮助我们每一个人成长：从懵懂的小孩长成有美好的情感、有丰富的想象力、有智慧、有思想、有发明和创造力的巨人。我们期待，你现在所阅读的，就是这样一本对你的成长有所帮助的好书。

徐鲁

目录

小象巴巴尔

〔法国〕布吕诺夫

在一座大森林里，有一头大象。

她生了一头小象，名字叫巴巴尔。

大象妈妈十分疼爱巴巴尔，每天坐在摇篮边，用长长的鼻子摇着摇篮，轻声地哼着柔和的摇篮曲，哄着象宝宝睡觉。

巴巴尔渐渐地长大了，可以和小伙伴们一起玩耍了。

他是一个很听话的孩子。妈妈给他捡来一个贝壳，他就用贝壳在地上舀沙子玩儿。

有一天，巴巴尔在妈妈背上玩得正高兴，突然，有一个猎人，从大树后面朝他们开了一枪！巴巴尔的妈妈不幸被子弹打中了，慢慢地倒在了地上。

旁边的小猴吓得赶快躲了起来，小鸟们也吓得飞走了。

这时，狠心的猎人跑上前来，想抓住小象巴巴尔。

巴巴尔赶紧逃走了！

他跑啊跑啊，不知跑了多少天！

可怜的小象巴巴尔来到了一个陌生的城市。

他觉得好累好累哦！因为他年龄太小了，还不懂在这个世界上，除了爱他的妈妈，其他许多人并不爱护动物，更有一些人心肠很坏很坏呢！例如对着他和妈妈开枪的那个猎人，显然就非常狠毒。

当然，来到城市里，他说不定也会遇上好人的呢。

小象第一次看到这么多的房子：有高高的大楼，也有矮矮的房屋。

小象也是第一次看到这么宽阔的街道。他特别感兴趣的是正在街上行走着的两个人。

小象在心里说："呀，他们穿得多漂亮啊！要是我也能有一身这样漂亮的衣裳就好了。"

不过，他不知道怎样才能弄到这么漂亮的衣裳。

还好啦，他的运气算是不错，一位有钱的老太太看出了他的心思，知道了他想拥有一身漂亮的衣裳。

老太太很喜欢小象。她掏出好多钱送给了他，让他自己到商店里去挑他喜欢的衣裳。

巴巴尔很感激这位老太太的帮助，就很有礼貌地说："谢谢，太太！"

然后，他高兴地走进了一家大商店。

他先是走进了电梯。

在这个奇怪的小屋子里，一会儿上，一会儿下，真是太有意思了！

小象待在电梯里，都不愿意出来了！

他随着电梯上去、下来，又上去、又下来，上上下下十几趟，还没有玩够。

这时，开电梯的人说话了："哦，小象先生，拜托啦，我这电梯可不是玩具啊，你是不是得出去了？"

巴巴尔只好恋恋不舍地走出了电梯。

他用那位老太太送给他的钱，给自己买了一件衬衫和一条领带，还有一套和领带很相配的深绿色的西装，一顶漂亮的圆顶礼帽。对了，还有鞋子！当然，鞋子得买两双才够他穿的。

巴巴尔对自己十分满意。他现在已经有一身漂亮、入时的行头了。也就是说，他觉得自己该算得是一个文明的城里人了！

于是，他又走进了一家照相馆，摆好姿势照了一张相。

瞧，这就是他的照片！很不错吧?

然后，巴巴尔来到他的朋友——就是那位老太太的家里，和老太太一块儿用晚餐。老太太夸赞他的新衣服很漂亮，小象心里感到好快乐。

从此，巴巴尔就在老太太家里住下了。

每天早上，他和老太太一起去做运动。运动过后，再去冲澡。

老太太给他买了好多东西，还给他买了一辆车。

每天，他都要开着车出去兜风。

老太太还请来一位很有学问的老先生给巴巴尔当家庭教师。

巴巴尔学习很用心，所以成绩总是很好。

巴巴尔也想帮助老太太做一些事。他就给老太太讲他住在大森林时的各种好玩的故事。老太太过去觉得日子过得很孤单，现在好了，天天有小象跟她做伴，再也不孤单了。

按说，巴巴尔在城市里的日子过得很不错了，可是，他心里仍然有些不舒服。他想念大森林里的兄弟姐妹们！

他很想和猴子们一起玩耍。

所以，他常常站在窗前往远处眺望，希望能从这里看到大森林。

而且，他越来越想念自己亲爱的妈妈了。

小时候的一切常常出现在他的脑海里。

哦，妈妈，你在哪里啊？……

时间过得好快，转眼过去了两年。

有一天，小象正和老太太一起散步，意外地看见了很眼熟的两头小象迎面向他走来。他们都没有穿衣服。

"哎呀！"他对老太太说，"他们好像是我的表哥和表妹！一个叫亚瑟，一个叫莎丽丝。"

巴巴尔迎上去，亲热地同他们拥抱、亲吻，然后，带他们到大商店里买衣服。

他们还在糕点店里买了最好吃的糕点。

就在这时，亚瑟的妈妈和莎丽丝的妈妈正在森林里寻找她们的孩子。

她们到处找，找得好辛苦。看上去，两个象妈妈着急得不得了。

幸好，有一只从森林来的小鸟飞过城市上空时，看见了巴巴尔和另外两头小象。

小鸟立刻飞回去，向亚瑟的妈妈和莎丽丝的妈妈报告了这个消息。

两个妈妈赶紧来到城里，寻找自己的孩子。

孩子找到了，两个妈妈高兴极了。她们都责怪孩子们不该自己走这么远。

巴巴尔想和他的表兄妹一起回家，去看看家乡的大森林。

老太太为他们准备好动身的行装。

他们准备出发了。巴巴尔吻过了老太太，转身向森林方向走去。

他可真舍不得离开这位好心肠的老太太啊！他告诉老太太说，他一定会回来看她的，他永远都不会忘记她的。

他和老太太都依依不舍。

车子里坐不下两个妈妈，她们便跟在车后面走。

她们把鼻子扬起来，免得把灰尘吸进鼻子里去。

小象走了，老太太感到万分的孤独。她伤心地想："哎，什么时候能再见到我的小巴巴尔呢！"

说来也巧，就在那一天，大象国王误吃了一朵有毒的蘑菇，中毒了。毒性发作得很凶。结果，他没能被治好就死了。

这真是一个巨大的不幸啊！大象国办完了国王的葬礼，三头最年老的大象碰在一起，开了个会。他们决定马上选出一位新国王。

就在这时，他们听见一阵闹嚷嚷的声音。

原来是巴巴尔开着汽车回来了。

大象们立刻欢呼起来："快看呀，是巴巴尔回来了！巴巴尔、亚瑟、莎丽丝，多么漂亮的衣裳啊，多么漂亮的汽车啊！"

这时，那头年纪最大的大象，用颤抖的声音说：

"朋友们！朋友们，我们正要选出一位新国王，依我说啊，就选巴巴尔当我们的国王吧！他刚从城里回来，他和城市里的人类在一起住了这么多年，一定学会了不少东西，懂得的比我们中间的任何一位都要多，那么，就让有学问的巴巴尔来当我们的国王，好不好啊？"

大象们都觉得老象说得有道理，所以都表示赞成。

现在，就看巴巴尔自己怎么说了。

"我……十分感谢大家！"巴巴尔说，"谢谢大家！"

顿时，大象国里响起一片欢呼声。

就这样，巴巴尔当上了新国王。

你猜怎么着，巴巴尔当了新国王之后做的第一件事，就是赶紧去探望城里那位好心肠的老太太。

（宋 威／译）

让·德·布吕诺夫（1899~1937），法国著名画家、儿童文学作家。较早运用娴熟技巧将插画和故事完美结合，因此被誉为"现代儿童图画书之父"。"巴巴尔"最早源于他的妻子给孩子们讲的睡前故事。看到孩子们对这头大象的故事很感兴趣，布吕诺夫便配以插图。1933年《巴巴尔的故事》首次在法国出版，开创了现代图画故事集的先河。此后，他又陆续写了五个关于巴巴尔的故事。

魔术师的故事

〔英国〕詹姆斯·利威思　赫尔敏·欧兰　整理

　　国王狄斐德和他的儿子普罗迪利王子结束了国外旅行，风尘仆仆地回到了他们美丽的故乡——威尔士，回到了美丽温柔的琳娜王后和赛格法公主身旁。久别的亲人欢聚一堂，王宫里顿时充满了喜悦的气氛。

　　狄斐德父子刚刚放下行装，便饶有兴致地向王后和公主讲起了他们在国外的各种见闻。他们说到了很多新结识的人，他们中有真诚的朋友，也有诡诈的坏蛋。讲到最后，狄斐德忽然记起了一个人，对妻子说道：

　　"亲爱的，我在国外还曾经遇到一个阴险狠毒的家伙，他的名字好像叫作……对了，叫劳伊德。这人简直不懂道理。我们把他当好朋友相待，可他却为了一点儿小事，和我们闹翻了脸。后来我们也不再理睬他，他也就离开了我们。可笑的是，他临走时竟威胁我说：'咱们后会有期，我一定要让你记住这一天。'"

"噢，竟有这事，"王后心中一沉，回忆着说，"我从前听说过这个人，他大概就是那个被人们说成'魔术大师'的劳伊德吧？"

"对，正是魔术师劳伊德，"狄斐德证实说，"你怎么会记得他？亲爱的，我看得出来，你对他有些畏惧，这完全是多余的。劳伊德和我们相隔千里，他有天大的本事，又能把我们怎么样？"

琳娜王后听了国王的话，虽然没有打消自己的忧虑，但她还是尽量掩饰自己不安的神情。她想："绝不能让自己的亲人看出自己心中的不快，不管怎么说，他们都平安地回来了，自己该和大家一样高高兴兴才好。"

她一边若无其事地和亲人谈笑，一边为他们准备丰盛的酒宴。

当天晚上，王宫里遍燃灯火，笑语喧腾，人们身穿华服，络绎赶来，在为欢迎国王和王子而举办的盛大舞会上，牵裾引裳，翩翩起舞，尽情地抒发着心中的欢乐。

到了第二天早晨，风轻日暖。狄斐德带着琳娜、普罗迪利和赛格法，登上王宫附近的一座小山，观赏家乡的春日风光。

他们放眼望去，只见碧绿的田野连着郁郁葱葱的密林，仿佛给大地铺上了一层绿毡。浮云般的牛群和羊群在草场上缓缓游荡。一条清波粼粼的大河从山脚下蜿蜒流过，用它清凉的河水浇灌着广阔的良田。在朝阳初升的天空中，一群群早起的小鸟啾啾地鸣啭着，不知向什么地方飞去了。

望着这一派迷人的景色，他们心中情不自禁地感到喜悦和骄傲。

突然，远处传来一声巨响，震得大地剧烈地抖动起来。他们吓了一跳，循声望去，只见前方闪过一道耀眼的红光。红光过后，太阳仿佛熄灭了，天空一片漆黑。人们像掉进墨海一般，伸手不见五指，对面不见容颜。

过了好久，黑暗才渐渐退去。可是，山下的景象全变了，美丽的田园被翻了个个儿，笼罩着混沌的尘雾，牛羊鸡鹅都消失了，星罗棋布的农舍也一起不见了。

狄斐德痛苦地望着这场突如其来的灾难,心如刀绞，呻吟着说:"我永远忘不了这闪光。这血一样殷红的闪光使我们的祖国蒙受了从未有过的灾难。"

"爸爸，现在这世界上只剩下我们四个活着的人了吗？"普罗迪利恐慌地问。

　　"妈妈，那么多的房子怎么全没了？我怎么找不到咱们的家了？"赛格法抽抽搭搭地哭着问。

　　狄斐德和琳娜哪有心思回答孩子们的问话，他们怀着悲怆的心绪，带着孩子们朝山下走去。

　　他们想回到王宫，可王宫已经变成一片瓦砾废墟。他们搜遍了各个角落，没见到一个人影。最后，在一扇倒塌的楼门下，他们发现了往常在宫里奔跑玩耍的那只小猎狗。它垂着头来到主人面前，模样又难过又委屈。在它后面，跟着那只赛格法最喜爱的小花猫。

　　狄斐德向原野望去，希望发现一些熟人，可结果使他深深地绝望了。除了天空中几只仓皇飞去的小鸟，大地上什么也不存在了。

　　他来到妻子身边，眼里闪着仇恨的光芒，愤愤地说："不用问，这准是劳伊德干的勾当，他对我说过，要让我的亲人和祖国一道陷入灭顶之灾，今天他果然这样做了。"

　　"我们今后怎么办呢？"琳娜王后擦去眼角的泪水，忧心忡忡地问，"我们能和面对面的敌人拼个你死我活，

可这样无情的毁灭，这样吞噬一切的魔法却是无法战胜的啊！"

"不，即使我们无法战胜劳伊德的魔法，我们也决不会向他屈服！"狄斐德舞动着拳头，不甘示弱地说，"我们全家人要顽强地活下去！总有出头之日。"

他们在王宫的废墟上搭起一座小屋，陪伴着荒凉破败的原野和处处废墟，挨过了艰难困苦的一年。新的一年到来了，可他们一家人的生活已经到了山穷水尽的地步。

琳娜王后用最后一点儿粮食做好了饭，然后，拖着疲惫的身子来到狄斐德面前，告诉他说："怎么办呢？我真的没有办法了。没有柴草，连一点儿可吃的东西也没有了，今后的日子怎么过呢？我想，咱们还是到英格兰去寻找生路吧，也许在那里我们会挣到点儿钱，维持咱们的生活。"

"看来，眼下只有这最后一条路了！"狄斐德怎忍心离开生他养他的故土啊，可是饥饿已经逼迫他不得不离去，"好吧，我们走！"

就这样，狄斐德带着全家来到了英格兰。他们找到了安身的地方后，立刻开始了自食其力的生活。琳娜王后和赛格法公主每天起早贪黑地为英格兰人缝制衣裳，狄斐德国王和普罗迪利王子则日夜不停地赶制各种皮鞋去卖。虽然锥子和手针常常把他们的手指刺得鲜血直流，手上的茧子也越来越厚，可他们一家人却感到精神愉快。因为他们用自己的劳动换来了面包和衣裳，换来了温饱的生活。

然而，这种安宁的生活并不能使狄斐德忘记祖国。一天，他对琳娜王后说："英格兰给我们带来了生命的泉水，使我们的生活好起来了。可我还是不能永远住在这里。"

他想到自己苦难的祖国，眼里噙满了泪花："我们的祖国——威尔士，她在我的心底呼唤着我，我们一定要回去。那里有捕不尽的野兔，有打不完的江鱼，有流不断的山泉和望不到边的土地。如今，我们学会了怎样生活，我们要在那里重建我们的家园。"

琳娜王后听罢笑了，表示支持他的决定。

不久，狄斐德一家又回到了威尔士，他们用倒塌的房屋的石块重新垒起一座小屋，定居下来。

这一天，狄斐德告别妻子，带着普罗迪利出外去打猎。那些往日任意出没的野兔见到这些突然出现的陌生人，惊得四处奔逃，狄斐德立刻放出猎狗前去捕捉。这时，一只最大的野兔在远处一闪，窜进了一片大森林，小猎狗眼尖腿快，立刻追了上去。

狄斐德和普罗迪利耐心地在森林外等着，过了好长时间，也不见衔着野兔的小猎狗回来，他们焦急难耐，便搜索着钻进了森林。

在森林里走了不远，他们便听到了狗吠。他们循声赶去，很快便找到了小猎狗。在它前面不远的一片空地上，矗立着一座黑漆的大木房，从门洞看进去，里面阴森森的。原来，那只大野兔已经逃进这座大木房里去了。

小猎狗一见主人来到，立刻竖起双耳，勇猛地向大木房里冲去。

大木房里一点儿动静也没有，好半天过去，小猎狗还是没出来。普罗迪利急得心头火起，跳起来便要闯进屋去。狄斐德急忙上前挡住了他的去路。

"别拦我，让我去！"普罗迪利暴躁地叫着，"一定要找回咱们的小猎狗，我们不能就这样葬送了它！"

"不行，孩子！这样闯进去，一定会把你自己葬送掉！"狄斐德死死拉住儿子的衣襟，用恳求的语调劝阻说："你看不出吗？那是一座魔窟，是一座凶恶的魔窟！"

"无论如何，我也要救出小猎狗，我们全靠它捕捉食物，没有它我们会饿死的！"说着，他推开爸爸，冲进了大木房的黑大门。

正像狄斐德预料的那样，普罗迪利一去便再也没有出来。晚上，狄斐德独自一人回到了自己的小屋。琳娜惊愕地迎着他问道："我的儿子呢？普罗迪利怎么没回来？我们的小猎狗呢？"

狄斐德仿佛老了许多，颓丧地坐下来，向琳娜和赛格法讲起了白天发生的不幸。

"那你为什么不进去救他们，你说呀？"琳娜气急交加，厉声责问丈夫。

不待狄斐德回答，她已经发狂似的向外面奔去。为了解救她心爱的儿子，还有她的小猎狗，她早已把生死置之度外了。她冲进夜幕，向大森林奔去。

她在森林中呼喊，她在森林中寻找，嗓子喊哑了，衣裳刮破了，直到东方破晓，她才找到了那座森严的大木房。她没有畏惧，没有动摇，只有愤怒和拼死的决心。

她来到大木房的门厅里，发现自己的儿子正站在一张大木桌旁。在那桌上，摆着一只精工细镂的金花瓶，瓶里插满了美丽芳香的鲜花，有嫣红的玫瑰、幽蓝的兰花，还有金黄的菊花，争芳斗艳，十分好看。普罗迪利的手握着这些花卉，身子一动也不能动。原来这是些魔花，挨上它们的人便会原地定住，无法逃脱。

琳娜王后哪里晓得它们的厉害，她一连叫了几遍儿子的名字，儿子只是用眼睛怔怔地望着她，泥塑一样动也不动。她再也等不得了："普罗迪利，我是来救你的，快跟我逃走！"说着，她走上前去夺他手上的金瓶和花朵。

就在她的手触到金瓶的一刹那，空中迸发出一声巨响，随后，耀眼的红光一闪，王后、王子连同大木房一道，都消失了。

从此，威尔士只剩下了狄斐德国王和他的女儿赛格法公主。他们在小石屋里相依为命，生活更艰难了，常常找不到一点儿吃的东西。当然，即将来临的寒冬，对他们说来，更是一个严重的威胁。

经过一番周密的考虑后，狄斐德决定独自离开威尔士，再次到英格兰去想点儿办法。

这一次，他尽自己最大的能力，从英格兰带回了一批小麦。靠着这些小麦，狄斐德父女总算熬过了严冬，迎来了春天。

狄斐德想："剩下的麦子已经吃不到明年了，怎么才能有个长久的生活保障呢？"他想起了过去农民们种田的情景，心中突然一亮："对呀！要是把这些麦子种到地里，到了秋天，打下了麦子，就再也不愁吃穿了。"

他来到荒芜的原野，顶着烈日和风沙，翻起三块田地，种上了小麦。

不久，绿油油的麦苗出土了，在雨露和阳光的滋养下，长得苗壮穗长，特别招人喜爱。一晃几个月过去了，三块地的麦苗由绿变黄，沉甸甸的麦穗晃悠悠地坠弯了麦秆，微风吹过，泛起层层金浪，好看极了。

狄斐德望着自己劳动的果实长得这样好，心中有说不出的高兴。一个秋风飒飒的傍晚，他在地头上自言自语："是收割的时候啦，明天我要把这第一块地的麦子全部收回去。"

第二天早晨，天刚亮，狄斐德便来到这块最先成熟的麦田旁。可是出乎他的意料，满地金灿灿的麦穗一夜之间都不见了，真的，几乎连一粒麦子也没剩在地里。这对忍饥挨饿、辛劳一夏的狄斐德来说，真是自天外飞来的横祸。

然而，经历了许多磨难的狄斐德很快便从愤怒中镇静下来，他想："我失去了第一块地里的麦子，还有第二块地里的麦子。要不了多久，那块地就可以收割了。"

过了几天，狄斐德兴冲冲地去割第二块麦田里的麦子。可是到地头上一看，他怔住了。正像第一块麦田里发生的事情一样，地里只剩下秃头的麦秆，数不尽的麦穗都不见了。

见此情景，狄斐德心中恍然大悟："好哇，一定又是那个可恶的劳伊德在捣鬼！"

但是，他不知道劳伊德用什么手段，竟在一夜之间就把地里的麦穗都掳走了。于是，他暗自打定主意："最后一块地的麦子也可以收割了。今天晚上，我要躲在暗处，看个究竟，然后再决定对策。"

他回到家中，把自己见到的情景和想出的办法告诉了女儿。赛格法听了又难过又害怕，她眼圈一红，两串泪珠从腮边滚下来，哽咽着央求爸爸说："爸爸，如今我已经失去了亲爱的妈妈和哥哥，您若是再去冒险，弄不好也要落入劳伊德的魔掌，到那时，我就成了举目无亲的孤儿了。"

"为了战胜劳伊德，我必须这样做！"狄斐德横下心说。

落日渐渐收起了绛红色的余晖，黑夜悄悄地来临了。狄斐德来到最后一块等待收割的麦田旁，躲在一棵大树后，耐心地窥视着。夜间的寒风不停地吹向他，冰冷的露水打湿了他身上破旧的衣裳。他第一次感到黑夜是这样漫长，这样难熬。

终于，在午夜刚过的时候，他听到了一种奇怪的动静，这声音不像虎狼下山那样突如其来，而是由小到大，闹闹嚷嚷，听了使人毛骨悚然。

狄斐德从树后探头望去，不由大吃一惊。可不得了！从远处涌来了成千上万只小田鼠。它们组成浩浩荡荡的阵势，溜过狄斐德藏身的大树，向麦田涌去。

借着微弱的月光，狄斐德看到这些田鼠钻进麦田，像早就计划好了似的，各自爬上一棵麦秆，迅速地吃光了麦穗上所有的麦粒。他站在一旁又气又急，搓手跺脚想不出办法。田鼠这样小，又这样多，真是捉不完杀不尽，无计可施。

没过一顿饭的工夫，狄斐德眼看着最后一块麦田被田鼠毁掉了，一粒麦子也没剩在麦秆上。他气得两眼冒火，不顾一切地扑上去捉拿它们，可这些田鼠飞快地溜进草丛，一转眼便不见了。

狄斐德满腔怒火无处发泄，猛然看见一只肥胖的田鼠落在了后面，正从他脚下吃力地向前跑去。他追上去，一把将它捉住，塞进了一只小布口袋。

赛格法公主见父亲愁眉不展地走回来，忙问道："麦子怎样了？您那布袋里装的什么？"

"唉！不知从哪儿跑来一群小田鼠，比乱了营的蚂蚁还多。它们像贼一样吃光了最后一块地里的麦子，然后就逃掉了。这不，只有这只小田鼠跑得慢点儿，被我活捉了。现在，我要按照历来的法典，把它绞死。"

"哎呀，这真是想不到的事情！"赛格法有些难以相信父亲的话，当她看到布袋里果然装着一只小田鼠时，这才叹口气对父亲说："算了，麦子全没了，绞死它又有什么用？放了它吧。"

"不，不能放！明天我就绞死它！"狄斐德余恨未消，挥着拳头说。

第二天上午，狄斐德扛着三根木棍，带上小布袋，来到了一座小山上。这座小山，正是七年前他们一家饱览祖国风光，看到一场灾难降临的地方。

他把布袋系在腰上，接着便动手制作一个三角形的绞架。

这时，一个陌生人骑着毛驴走上山来，和蔼地向他打着招呼："朋友，早上好！"

狄斐德站起身，回答说："您好，您这是到哪儿去？要是我没有记错的话，这条路已经整整七年没有人走过了。"

"我远道而来，路过此地，是要回到我的故乡去。"陌生人来到狄斐德面前，显得很惊奇地问："啊，朋友，您在做什么？"

"没什么，做件小东西。"狄斐德支吾着说。

"您到底在做什么呢？"

"不怕您笑话，我在做一个绞架，用它来处决一个盗贼。"

"盗贼？"陌生人显得有些困惑不解，"盗贼在哪儿？"

"喏，在我腰上的布袋里。"狄斐德朝自己腰间指了指。

"怎么？您能把一个盗贼装在这样小的布袋里？我着实难信。"

"真的，您别看它身子小，可比坏人还坏。告诉您吧，它是一只田鼠。"

"一只田鼠？嘿，真有意思，您这样堂堂的男子汉，怎么还跟一只田鼠斤斤计较？快放它走吧。"

"什么？"狄斐德一听这话，火气顿时冲上头顶。那些可恶的田鼠，糟蹋了他多少血汗，夺走了他多少面包啊！他没好气地对陌生人说："这种坏蛋只要落到我的手里，就休想活命！"

"听我说，朋友，只要您肯放了这只田鼠，我愿把身上带着的钱全送给您。"

"我不要您的钱，只要报复。"

陌生人见狄斐德这样倔强，便不再说什么，骑上毛驴，下山而去。

绞架很快便做成了，狄斐德从腰上解下布袋，准备绞死田鼠。正在这时，从山下走上一个骑马的人，那人发现了狄斐德，策马向他走来。

"先生，您在这里干什么？"那人向狄斐德问道，"噢，这是什么？"他发现了狄斐德身边的小绞架，好奇地问。

"这是刚做的绞架，用来处死一个盗贼。"

那人从马上跳下来，问道："我怎么没见到这儿有什么盗贼？"

"喏，它在这布袋里哩！"狄斐德扬了扬布袋说。

"怎么，在布袋里？世上有这样小的盗贼吗？"

"有的，它是个小盗贼，是只可恶的田鼠。"

狄斐德的话音刚落，从布袋里传出吱——吱——的尖叫声。那人听了眉头一抖，用乞求的口吻对狄斐德说："先生，您看这田鼠多可怜哪，放了它吧，我愿意给您一口袋钱币来赎买它。"

"不，我不想要您的金钱，更不想让它再活下去！"狄斐德坚决地摇摇头说。

那人见狄斐德毫无怜悯之心，只好骑上马走下山去。

目送着骑马人消失在山下，狄斐德心里充满了疑云。

他走回绞架旁，打开袋口，正要抓袋里的田鼠，忽听山下传来一串马铃儿碰撞的丁零丁零声。他抬头望去，只见一位身穿奇装异服的男子，带着十名仆人，乘着高鞍骏马来到山上。为首的那位男子，脚蹬马靴，神气十足，一看便知是个有钱的财主。

他跳下马向狄斐德走来，狄斐德也把田鼠牢牢捉在手里，审视着来人。

"您在做什么？"财主让仆人停在山道上，自己来到狄斐德面前问道。

"我要绞死这个盗贼。"狄斐德把手里的田鼠朝财主一扬，带着戒意答道。

忽然，财主的目光和田鼠的目光碰到一处，田鼠立刻尖叫起来：吱吱——吱吱——这时，财主眼里射出焦躁和痛苦的光芒，盯住了田鼠。那田鼠的叫声更尖了，像哭声一样凄惨。

财主再也不忍听这叫声，他问狄斐德："我看您不像一个普通的老百姓，您是一位曾经闻名四方的国王，对吧？"

"是的，我现在仍是国王。"

"您作为宽宏的国王，却不肯放过一只小小的田鼠……"

"不，它是个最坏不过的盗贼……"

"可是绞死一个弱小者，对一位国王来说，毕竟算不得英雄伟业。因此，我愿出重金把它买下来，您看如何？"财主急不可待地与狄斐德争辩着。

"不！"狄斐德轻蔑地摇摇头，有些不耐烦地拒绝说，"钱好，但是我不要。田鼠坏，可你也别想把它带走。"

"不过这样的买卖可是打着灯笼也难找啊！"

财主把手朝山路上的家人一指，显得很大方地说："我愿给您一整袋钱。"

"不行！"

"我给您一整袋金子。"

"不行！"

"我给您一整袋珠宝。"

"不行！"

"我把我的仆人、骏马，还有我的全部钱财都给您，您看如何？"

"不行！"

"那么您想要什么？我还能给您什么呢？"财主活像

一个输光了的赌徒，恼羞成怒地叫起来。

"要什么？"狄斐德一双锐利的眼睛看定了财主，一字一句地说，"我要我的琳娜王后，要我的普罗迪利王子。"

"好，您会得到他们的。"财主不情愿地点点头，然后伸出手去，"现在，把田鼠交给我吧！"

"别忙，我还要得到我的祖国，要那像从前一样富饶美丽的山川，要那生气勃勃的农舍，要那勤劳善良的人民。"

"好吧，我答应您的要求，一定把它们还给您。"财主又伸手催促道，"现在该把田鼠给我了吧？"

"且慢，请问你是魔术师劳伊德吗？"

"是的，您猜对了。"

"这田鼠是你的？"

"对。"

"这田鼠是你的什么人？——告诉我！"

劳伊德低下头，哑口无言。

"回答我，否则我还是要绞死它，它到底是谁？"

"它……它是我的妻子。我全对您说了吧，您所遇到的灾难，是我一手造成的。这一次，我把我妻子和许多别的人都变作田鼠，本想把您的麦子全吃光，把您置于死地。可是现在……"

"那么为什么别的田鼠都跑掉了，偏偏这只田鼠——你的妻子——被我捉住了呢？"

"这……不瞒您说，她快要生孩子了，所以她跑得不如别人快，才落到您的手里，现在把她还给我吧，我是那样爱她，没有她我就无法活下去。"

"嗯，果然不出我所料。"狄斐德终于弄清了事情真相。他皱着眉头想了片刻，对劳伊德说："最后，我还有一个要求，你若能办到，我便把田鼠还给你，让你们夫妻团聚。"

"我还能为您做什么呢？"劳伊德惊恐地摊开双手，"我已经把一切都交给您了。"

"你要向我保证，今后永远也不再施展你的魔法来侵害别人，然后我才会让你领回妻子。"

这一次，劳伊德才真正被降服了。他像落入猎手陷阱里的猛兽一样，感到了失败后的屈服和绝望，他心悦诚服地向狄斐德说："说真的，您要是不向我提出这个要求，我一定会想方设法再来害您，直到把您一家全杀死。"

说到这儿，他挥了一下手，仿佛把什么东西砍断了，然后用和好的口气向狄斐德保证："就这样吧，我将照您说的去做。现在，先把妻子还给我吧。"

"不，"狄斐德依旧紧紧握着田鼠，向劳伊德说，"还是你先履行你的诺言，口说是虚，眼见为实。"

劳伊德欣然同意了。顿时，空中爆发一声霹雳，闪出万道红光。红光过后，琳娜王后、普罗迪利王子和赛格法公主身着盛装，满面春风地出现在狄斐德面前。大家一道向山下眺望，只见大好河山历历在目，山清水秀，田园如画，数不清的农舍炊烟袅袅。美丽的威尔士犹如一位刚刚沐浴更衣的世外仙女，无比妖娆。

"劳伊德，把你的妻子领回去吧。"狄斐德满意地将田鼠递到劳伊德手里，带着胜利的微笑说，"如果你允许的话，我要祝愿你们以后生活幸福，祝愿你的妻子为你生一个好孩子，长大后，做一个远远胜过父亲的有用之人。"

劳伊德再三道谢，接过了田鼠。只见那田鼠摇身一变，忽然成了一位美丽端庄的青年妇女。她脸上带着哀怨和羞愧的神情，拉住劳伊德的手说："亲爱的劳伊德，听我的话，以后再也不要干那种伤天害理的勾当了，你答应吗？"

她见劳伊德点头应允了，高兴得拍手笑道："亲爱的,我一定要为你生一个聪明漂亮、勇敢善良的好孩子！"

（赵沛林　刘希彦／译）

詹姆斯·利威思、赫尔敏·欧兰，英国民间文学作家，致力于把英国民间广为流传的童话故事搜集起来，整理成书，使这些故事在英国乃至世界传播开来。其中最有影响的篇目是《月亮湖》《杰克与豆茎》《罗宾的故事》《戒指和鱼儿》《卢赛猖狂狐狸》《魔术师的故事》《茱丽·薇波尔》等。

月亮湖

〔英国〕詹姆斯·利威思　赫尔敏·欧兰　整理

月亮伴随着你一天天长大,可你知道月亮的经历吗?

记得我祖母在世的时候，她给我讲过许多美好动人的故事。她对我讲起过一个叫作卡尔兰的地方。那儿自古以来就被死亡和恐怖笼罩着。除了一片望不到边的沼泽地，到处是混沌的黑水潭和绿生生的野草滩，没有道路，也没有人烟，只有翻着气泡，散发着一股腥咸味的烂泥潭。一脚陷进去，便怎么也拔不出来，而且越陷越深，一直把人埋没在泥里。那些有经验的行人，也只能在白天踩着一种特殊的水草才能穿过这里。到了黑夜，就是打着灯笼，人们也不敢走进这个可怕的地方。

在一个明月当空的夜晚，祖母抚摩着我的头，告诉我说:"美丽善良的月亮姑娘曾经死去，被埋葬在那片沼泽荒滩里，蒙受了一场痛苦的灾难。"

事情的经过是这样的……

很早的时候。每当太阳落去，黑夜来临，月亮姑娘便高高地出现在夜空，把她身上放出的柔和清亮而又略带橘黄色的光彩洒在大地上，照得整个卡尔兰如同白昼。在她的照耀下，人们踏着沼泽里那种特殊的水草，像白天一样，平安无事地通过这片泥沼。

可是，月亮姑娘有时太劳累了，便不得不休息几天。当她休息的时候，夜幕便遮住了四方。卡尔兰的泥潭沼泽，变成了妖魔鬼怪的极乐世界。它们酷爱黑夜，袒护黑夜，没有黑夜便不能露面。只有黑夜来临，它们才敢一齐出动，在漆黑一团的沼泽地上奔跑嚎叫，拦截行人。这时候，人们总是怀着恐惧和愤怒的心情，诅咒那些无恶不作的魔鬼，盼望黑夜早些退去，光明早些到来。

美丽的月亮姑娘听到这件事，心里非常不安，她想："怎么能容忍这些坏家伙任意残害勤劳善良的人呢？我应该一天也不休息，天天为路过卡尔兰的人们照亮道路。"

可是，遥远的卡尔兰对月亮姑娘来说，还是一个猜不透的谜。于是，她决定先到卡尔兰沼泽地去看个究竟：

"不管怎么样，我要亲眼看一看那儿的情形，也许，人们把那儿说得太可怕了吧？"

就在那个月末的晚上，月亮姑娘披上一件黑斗篷，头戴一顶黑风帽，遮住她那金灿灿的头发，径直来到了卡尔兰。她停住脚步，四处张望，只见污水在泥沼上流荡，枯树野藤盘根错节，除了她自己那白皙的双脚从斗篷下透出的一线光亮，她什么也看不见，只能摸索着，用脚试探着朝前走。

月亮姑娘哪曾到过这样阴森可怕的鬼地方啊，她紧张得心怦怦跳，身子不时地打着战栗。她把斗篷用力裹在身上，放大了胆向前走着，在看清卡尔兰的真面目之前，她是誓死也不回头的。

她像夏日里的微风一样，轻轻地迈动脚步，拨开一簇簇荒草枯枝，绕过一个个随时准备吞噬一切的烂泥窝，艰难地前进。突然，当她走过一个黑水洼时，脚下一滑，险些跌倒，她急忙伸出双手抓住一根树枝，站稳身子。这时，不幸的事情发生了，那根树枝正是沼泽里最凶恶的"吃人树"的枝条，它像毒蛇一样，立刻把月亮姑娘的双手死死地缠在一起，拉住不放。

月亮姑娘又怕又急，拼命向外挣扎，想赶快脱身，可那树枝越缠越紧，她的双手像被铐住了一样，怎么也抽不出来。她想大声呼救，又怕引来那些人人惧怕的妖魔，只好无可奈何地待在那里。

黑夜里的沼泽地和黑水潭死一般地寂静，月亮姑娘在黑夜中惶恐战栗，期望有人前来搭救自己。过了好久，她果然听到远处传来了人走在水里的吧唧、吧唧的声音，接着，传来了一个男人哭喊的声音，这声音在空旷的野地里回荡，余音拖得老长，使人毛骨悚然。渐渐地，那哭喊声变成了嘶哑的呼救声，月亮姑娘听得越来越真切了。终于，她借着两脚发出的微弱光亮，看见了一张男人的苍白的脸和一双充满疑惧的眼睛。

这是一个在沼泽中迷了路的人，他正惊魂不定地四处寻找道路，远远地望见了月亮姑娘的双脚透出的微光，才使他从绝望中苏醒过来，一路朝月亮姑娘奔来。他知道，在这妖怪出没的沼泽地里，在这无边无际的黑夜里，光明就是生命，光明就是救星。

月亮姑娘发现那人走得离小路越来越远，可离一个深泥潭却越来越近，差几步远就要掉进死亡的陷阱了。

她急得直跺脚，恨不能上前拦住他。她用尽全身力气撕扯手上的树枝，像在同凶恶的敌人殊死搏斗，她美丽的脸庞飞上了暴怒的红云，狂乱地扭动着颀长的身体。突然，她的头一甩，头上的黑风帽一下掀到了脑后，顿时，万道耀眼的光芒射向夜空，扫尽黑暗，照亮了卡尔兰茫茫的泥沼和水潭。

那个迷路人看见了小路，认清了方向，兴奋地叫起来，而那些在黑暗中为非作歹的妖怪们却吓慌了，纷纷向它们藏身的洞穴狼狈逃窜。

月亮姑娘看到自己的光辉照彻了天地，指明了迷路人的出路，使他绝路逢生，心里像注入了蜂蜜一样甘甜，她忘记了劳累，忘记了恐惧，忘记了缠着她双手的"吃人树"，忘记了自己在危难中，需要别人的援救。她陶醉了，幸福地望着迷路人向小路奔去。她骄傲地想着："我还是第一次看到自己的光辉解救了别人呢。"

迷路人顾不得泥和水，顾不得看一眼这漫天的月光来自何处。他眼里含着狂喜的热泪，步履蹒跚地奔跑，一直奔向小路。最后，他消失在那布满污泥枯枝的小路上，消失在那没有妖魔也没有恐怖的远方了……

直到这时，月亮姑娘才意识到，这空荡荡的沼泽地，又一次剩下她自己了。她用尽全力连拉带拽，想挣脱双手缠绕的枝条，沿着那条通往自由的小路远走，可是一切努力都失败了。她累得精疲力竭，气喘咻咻，额上沁出一层细密的汗珠，身子一软，扑通一声跪倒在地上。紧接着，黑风帽从脑后忽地又落回到她的头上。

这时，光明全部消失了，黑暗重新笼罩了沼泽。不用说，那些张牙舞爪的妖魔立刻欢呼跳跃，从黑暗的角落里奔了出来。它们早就按捺不住对月亮姑娘的刻骨仇恨了，用不着邀集，便一窝蜂似的朝月亮姑娘包围过来。

黑暗和光明是势不两立的对头，卡尔兰的群妖和月亮姑娘是不共戴天的冤家。它们把月亮姑娘团团围在中央，个个露出了狰狞的面孔，向她施展威风。它们扑到月亮姑娘身上，拳打脚踢，嘴里还恶声恶气地骂个不停："嗨！你这个可恶的东西，就是你，妨碍了我们寻欢作乐，把我们撵到了黑旮旯里，让我们受够了窝囊气！"

"嗨！怎么样，没想到吧！如今，你也落到这黑洞洞的世界上了。你到了这里，就休想再活着回去！"

所有的妖魔一齐嗨、嗨地吼叫，直把那树干震得簌簌发抖，把那污水潭震得泛起了黑波。

"嗨！我们要毒死她，毒死她！"恶鬼们的吼声越来越高了。

最后，这些妖魔不再你争我嚷，他们吼出一个共同的声音："闷死她！闷死她！把她闷死在泥潭里！"

随着吼声，爆发出一阵阴阳怪气的狂笑，几个打手冲上来，把被打得遍体鳞伤的月亮姑娘用藤条紧紧地捆绑起来，又用藤条狠命地抽打她。

月亮姑娘被打倒在地上，疼得死去活来。她咬住牙，把泪水咽进肚里，不肯向妖魔屈服，心里暗说："这一天怕挨不过去了。死就死了，倒不可怕，只可惜今后再不能照亮天下的道路，为天下人造福了。"

滥施淫威的妖魔们打得也累了，它们见月亮姑娘已经昏死过去，这才凑过去，伸出一双双骷髅似的大手，把月亮姑娘抓起来，深深地按进了一个黑水潭里。这还不够，它们怕月亮姑娘一旦苏醒过来，逃出牢笼，又嗨哟嗨哟地搬来一块巨石，压在了月亮姑娘身上。然后，派了两名小妖怪坐在黑水潭边的枯枝上日夜守候，防止月亮姑娘逃脱。它们看看再也没有什么暴行好施展了，这才在黎明前的黑暗掩护下，一齐逃走了。

　　从那以后，黑夜再也没有一星光亮了。月亮姑娘昏死在泥潭里，除非有人前来解救她，不然，可怜的月亮姑娘永无出头之日了。可是，世界上有谁能知道在这魔鬼出没的卡尔兰，在这个不幸的夜里所发生的一切呢?

　　太阳升起又落去，光阴一天天地流逝。每当该有新月升起的夜晚，各地的人们总是把铜币揣在衣袋里，把芳草插在帽子上，怀着深深的期待和思念，用这种传统的礼节去迎接明月的升起。他们把明月当作朋友，当作亲人，他们越来越焦急地渴望明月升起，照亮大地，赶走黑暗，驱

除那些横行天下的妖魔鬼怪。

可是，夜空中只有几颗幽暗的星斗，挂在明月过去来往的路上。明月没有踪影，鬼魅却更加凶狂了，它们把卡尔兰变成了一片谁也不敢接近的生死场。

人们在焦急和忧伤中，记起了一位住在一座古老的风磨坊里的神奇的老妈妈。于是，他们一同来到她的面前，向她询问月亮姑娘的去向。

这位无比智慧的老妈妈对天下的事情没有一件不通晓。她愉快地接待大家，答应了他们的请求。她打开一个圆圆的大瓮，像俯瞰整个大地似的朝里面望了望，又取出一面镜子仔细观看，翻开一本圣书反复审阅，最后告诉众人："这是一桩很奇妙的事，现在我还不能把月亮姑娘的全部遭遇查清楚。不过，你们要向所有的人打听她的下落，只要有了一点儿消息，就立即来告诉我。"

按照老妈妈的嘱咐，人们开始分头去查访月亮姑娘的下落，无论是在家里，还是在公众集会的地方，人们到处谈论着怎样才能找到失踪了的月亮姑娘。

这一天夜晚，在一个小小的茶馆里，人们正在商讨寻找月亮姑娘的办法，旁边一个侧耳倾听的陌生人站了起来。"哎哟，我的天啊！"他惊叫起来，人们一齐朝他望去，认出他是从卡尔兰那边迁来的一个小商贩。

"你们的话使我记起了一件事，我想我的话对你们一定会有帮助的。"他坐到众人中间，向大家讲述了他怎样在一个可怕的黑夜，在卡尔兰的沼泽泥潭中迷失了方向，又怎样在大难临头的当口，眼前出现了一片神奇的光芒，把他从死神手中拯救出来，使他逃出险境，平安地走出了卡尔兰。

众人听了这个情况，片刻也未耽搁，立刻赶到老妈妈那里，做了报告。老妈妈又一次查看了大瓮、镜子和圣书。看罢，她点点头，对大家说："孩子们，可惜得很。你们看，天，还是这样黑，这样笼罩着四方。所以，我还不能使你们看到月亮姑娘。不过，只要你们按我的话去做，一定会找到她的。

"你们必须在明天日落以前出发，每人在嘴里含一块小石子，手里拿一根木棍。千万记住，当你们进入了妖魔横行的卡尔兰以后，为了不被妖魔吃掉，必须一句话也不说，要一直朝前走，别害怕，到了大沼泽中心，有一个黑水潭。在那里，你们会找到一块石棺一样的巨石，一个十字架和一盏小灯。那儿，埋葬着美丽无比的月亮姑娘。我相信，你们是会救出她的。"

第二天夜幕降临时，从四面八方不约而同赶来的人们，排成长长的队伍，摸索着走进了卡尔兰泥沼。他们蹚着污水，踩着烂泥，跌倒又爬起，紧张得心就要跳出喉咙似的，但一句话也不敢说出口。虽然大家瞪着眼睛什么也看不见，但从耳边响起的狂笑和手脚乱拍乱打的声音里，从那一双双扫到他们脸上的湿漉漉的、冰冷的大手上，他们知道，陷阱就在脚下，妖魔就在身边，自己已经进入了人间的地狱、魔鬼的天堂。

正如老妈妈预料的那样，大家在沼泽中央发现了一个大黑水潭，黑水潭下露出一块巨石的脊背，旁边有一个十字架和一盏忽暗忽明、快要熄灭了的小灯。人们围拢过来，互相点头示意着，在十字架前的泥水中跪下去，默默地为月亮姑娘祷告。祷告完毕，大家迅速地扑到巨石旁，伸出一双双手臂，托起巨石，用力向后掀去。

巨石掀掉了，黑水消失了，一张美丽的、闪着熠熠金光的少女的脸，带着感激的微笑，出现在人们面前。她睁开长着长睫毛的水灵灵的眼睛，望着浑身沾满泥水的人们，露出欣慰的笑容。

人们被这黑夜中突然显现的光辉照得晕眩了，一齐向后退了几步。当他们明白过来怎么回事，想上前拉出月亮姑娘时，月亮姑娘却不见了，抬头一望，见天空中升起了一轮金盘似的圆月。

她缓缓地升上高空，戴着双重美丽的彩色光环，向人们含情微笑，向大地放射着柔和如水的橘黄色的光辉。这美妙的月光照到哪里，哪里就变了模样。黑暗隐退了，魔鬼仓皇逃遁。污泥浊水浩荡无边的卡尔兰现出了新的容颜，沼泽变成了鲜花盛开的草坪，黑水潭变成了清波荡漾的湖泊，枯枝野藤变成了百鸟栖息的青葱葱的丛林。花儿吐出芬芳，鱼儿在湖中跳跃。卡尔兰变成了勤劳善良的人民的美丽家园，他们在那里耕耘、收获，在那里歌唱、跳舞。凡是来到这美丽的土地的人，有谁不翘指称赞它那迷人的风光？

然而，人们并没有忘记卡尔兰痛苦的昨天，没有忘记月亮姑娘为了众人而蒙受的苦难。过去那座黑水潭，如今已变成绿岸如茵的一湖碧水，人们遥望着那儿，给她起了一个美丽的名字——月亮湖。

（赵沛林　刘希彦／译）

杰克与豆茎

〔英国〕詹姆斯·利威思　赫尔敏·欧兰　整理

1

这是一件许多年前发生的事情。

在乡下的一座小农舍里，住着一位老太婆和她的独生子杰克。杰克是个聪明的孩子，性情温和善良，常常帮助别人解决困难。他从不到远处去做工，但他把家里的菜园侍弄得非常好，还时常帮助妈妈做些家务。比如劈柴、烧火、翻地、锄草，样样都是他的活儿。此外，每天还要给自己家的大白牛挤奶。他妈妈则照料着一日三餐，缝补衣裳。他们的生活虽谈不上富裕，却也不愁吃穿，过得很满意。

偏巧这一年，春寒料峭、青黄不接的季节刚刚挨过去，炎热干旱的夏天又接踵而至。由于久旱无雨，地上的草儿都干枯了。这一来，家里的大白牛吃不上青草，奶也断了。杰克和妈妈不光没有牛奶和奶油可卖，连家里仅存的一些也很快吃光了。往日一片青葱的菜园，如今旱得寸草不生。母子俩没办法，只好把积攒了多年的一点儿钱也花掉了。

眼看家里就要揭不开锅了。这一天，妈妈把杰克叫到面前，说："杰克，现在已经无路可走了，我们只有把大白牛卖掉，买些吃的用的回来，才能保全咱娘俩的性命。再说，它待在家里没有草吃，迟早也得饿死。"

"好的，妈妈，"杰克答道，"明天我就把大白牛牵到市场去卖掉，然后呢，妈妈，我要用换来的钱买点儿好东西，开个小店铺，卖一些锅碗瓢盆啦、花边针线啦、便宜的书本啦，总之，都是左邻右舍需要的。那样我们的日子准会好起来。妈妈，您放心，明日正是赶集的日子，我一早就动身。"

"唉，我还真舍不得和大白牛分开哩，它是一头多好的牛啊！"妈妈叹口气，神情黯然地说，"不是被逼得没法，我哪能忍心卖掉它呢？儿啊，你明天一定要用它多卖点儿钱，千万记住，最少要卖十镑，或者十二镑。"

"没问题，妈妈。依我看，起码能卖到十五镑，"杰克蛮有把握地说，"也许我能卖到二十镑，让您大吃一惊呢！"

第二天一早，妈妈用最后一点儿好吃的给儿子准备了早饭。杰克吃完饭，便牵着大白牛向村外的小路走去了。

往年的夏天，这条路总是那样泥泞，到处都是一洼一洼的雨水。可如今由于干旱，地面好像用火烤过的饼干一样，变得干巴巴的，裂着密密麻麻的缝儿。杰克从路旁的篱笆上折下一根木棍，驱赶着大白牛，很快来到大道上，朝集市赶去。

走了不远，杰克发现一位奇怪的老人迎面走来。只见他深深地猫着腰，手里拄着一根棍子，慢腾腾地挪着步子。当他来到面前时，杰克意外地发现，老人的两眼不同寻常地闪着炯炯的光芒。

"您好！"杰克同往常遇见陌生人一样，向老人亲切地问候。

"你好，年轻人。"老人答道，"你这是到哪儿去？"

"我到集市上去卖牛。"杰克说。

"噢，去卖牛。"老人立刻提起了兴趣，"你想卖多少钱呢？这样吧，让我试试你是不是个精明的孩子。请你告诉我，几粒豆子加在一起是五粒。"

"嗨，这算啥难题呀？"杰克笑了，他想，这位老人的头脑也过于简单了，便告诉他，"我左手拿两粒，右手拿两粒，口里含一粒。"

"说得好！你来，到我身边来，年轻人。"

杰克有点儿摸不着头脑，朝老人跟前走了几步。老人从怀里取出一个钱包，从里面倒出五粒豆子，对他说："这是五粒豆子，我想用它换你这头牛，你愿意吗？"

"怎么？用五粒豆子换一头牛？"杰克简直不相信自己的耳朵，"您这也算做买卖？"

"哦，小伙子，"老人不慌不忙地解释说，"这不是一般的豆子。你把它们种在地上，它们会在一夜之间，长得高入云霄。我看你好像很富于幻想，告诉我，你听到过什么神奇的传闻吗？"

杰克回答说没听过。当然，他更不知道这些豆子是否真像老人说的那样，具有神奇的本领。

"你听我说，"老人把豆子交给杰克，说，"你把这些豆子带回家去，把大白牛留给我。如果这些豆子不能像我说的那样，给你带来奇迹，你就在明天这个时候，到这儿来找我，把你的大白牛再牵回去，你一定不会吃亏。"

杰克也认为这样做很合理，便不再争辩。他接过豆子，将大白牛的缰绳递给了老人。这时，他把昨天对妈妈立下的卖个好价钱的保证早已忘得一干二净，心里只想着他这五粒会长入云霄的神豆。他见老人牵着大白牛走远了，这才把豆子揣在兜里，用手紧紧捂着，朝家走去。

妈妈见儿子这么快就赶回来了，不由吃了一惊："托上帝的福，看来你是卖了不少钱吧？不然咋能回来得这么快？快说说，到底卖了多少钱？十镑？十五镑？"

妈妈见儿子不言语，连忙又说："不用问，准是二十镑！咱们那头牛多带劲呀，一定不会……"

"妈妈，"杰克打断妈妈的唠叨，说，"我一分钱也没给您带回来。不过，您听我说，要得到钱并不费事，您只要耐心等候，就会看到我给您带回了罕见的宝贝。"

"怎么？没卖到钱？"妈妈一听，脸色吓得苍白，"一分钱也没带回来？嗨！你可蠢透啦！"

"不，不是什么也没换来，"杰克从衣兜里掏出五粒豆子，放在妈妈手里，"瞧，这就是我给您带回来的。"

"都在这儿吗？"妈妈简直气晕了，两手开始哆嗦起来，"豆子？你把一头好端端的大白牛牵出家门，就换回来这么几粒干瘪瘪的豆子？这有什么用场？"

"这可是神豆呀！妈妈，您别急，您等一下。"杰克急忙分辩。

可是妈妈什么也听不进去，她平时是那样慈祥和蔼，这一次却真正动怒了。"什么神豆鬼豆的，全是一派胡言！"她叫道，"你呀，纯粹是个可怜的蠢货，是个没用的废物，上了当还蒙在鼓里，不是吗？现在我们算彻底完蛋啦！我真不愿再活在世上，看着你这丢人的样子。就凭这几粒豆子，连做顿汤喝也不够啊，快滚！睡你的觉去吧！你这个呆子。今天晚上没有你的饭了，以后你可别想再让我为你做饭吃！"

妈妈越说越气，不容杰克还口，一甩手，把五粒豆子都扔出了窗外。接着，连推带搡地把杰克赶进了他的小屋，随手砰的一声关上了门。

杰克躺在床上，为自己的愚昧无知感到万分悔恨。他知道，是自己使妈妈的期望成了泡影，让她伤透了心。

妈妈一定在想，她养了一个多么无用的儿子啊！

杰克越想越难过，虽然肚子空空的，但一点儿也不想吃东西。他衣裳也没脱，便昏昏沉沉地睡着了。

2

第二天早晨，杰克从睡梦中醒来，一睁开眼，便看到屋里映满了淡绿色的旭光。他暗自怀疑，自己是在做梦吧？可他真真切切地听见了外面传来的鸡鸣和看羊狗的叫声。他抬头朝窗口望去，只见窗口被一些嫩绿的叶子遮住了，那些叶子长在又粗又弯的茎秆上，它们好像是……"对啦！那是豆叶！一定是神豆的叶子！可这一切到底是怎么回事呢？"

杰克想到这里，翻身从床上跳下来，向窗口跑去。原来，那些被他妈妈扔到窗外的豆子，一夜之间便发芽破土，长成了豆秧。真是名副其实的神豆！杰克推开窗户，发现窗下的菜园里长着五棵弯弯曲曲的豆茎，像五条软梯一样扭在一起。豆茎上，长着嫩绿肥大的豆叶。他向上望去，只见豆茎高得望不到顶，一直伸向天空，消失在云朵里。

杰克顾不得多想，蹬蹬蹬跑到阁楼的窗台上，纵身跳上了豆茎。他用力试了试，豆茎结实得很，动都没动。他放心了，开始向上爬去。杰克从小就像猴子一样，是个爬高的能手，再高的地方也不怕。

他不停地向上爬着，越爬越高，越爬越起劲。当他再向下望时，自己家的小草房已经离得很远很远了，只隐隐地看见一缕淡蓝色的炊烟，从房顶的烟囱里懒洋洋地升起，有几块餐布搭在菜园的篱笆上。又爬了一会儿，这一切便全被一望无际的云海遮住了。

在蒸腾的白云之上，太阳明亮地照耀着。杰克发现有一条乳白色的大路从脚下伸向远方。他从豆茎上跳到大路上，向前走去。一路上，他没看到一个人，连野兽也没有，更看不到有什么房屋，偶尔有几只奇异斑斓的鸟儿，从眼前拍翅飞过。此外，什么生命的迹象也看不到。

杰克心里暗自琢磨："这条路通往哪儿呢？"正想着，突然发现前面白云深处闪出一座高高的楼房。再往前走一程，他清清楚楚地望见一个身材高大的女人从楼门里走出来，手里提着一只水桶。杰克壮着胆，快步走

上前去，请那个女人给他点儿吃的东西。

"还不赶快离开这儿，小家伙！"那女人叫道，"你在这里不但得不到饭吃，还会变成别人的食物哩！晓得吗？我丈夫是个身高力大的魔王，凶猛得像十只老虎。实话告诉你吧，他最喜欢吃你这样的小娃子，因为把你抹上奶油，在烤炉上烤得又香又脆，是最好不过的美味了。"

"可是，老妈妈，"杰克央求说，"我已经一连几天没吃东西了，眼看就支撑不住了。如果您能给我点儿吃的东西，暂时保住性命，就是落到魔王手里，我也绝不后悔。"

"那样也好。"魔王夫人终于答应了。她虽然和魔王朝夕相处，变得对人有些冷酷，可是心地还有几分善良。她见魔王没在附近，便将杰克拉进大门，带他到了厨房里。然后，又取出一些面包、奶酪和一大杯牛奶给他充饥。

杰克刚刚吃完，门外突然响起一阵可怕的巨响——轰隆轰隆轰隆！震得房子都颤抖起来。

"我丈夫回来了，快！快藏到烤炉里来。"魔王夫人打开烤炉盖子，向杰克叫道。

"你可当心呀！要是他把你抓住，三口就会把你吃掉，不！也许只要两口，你就进到他肚里啦！"

魔王夫人刚把炉门关好，魔王便从外面闯了进来。他把腰带上别着的三头死牛犊摘下来，咣当一声撂在桌上。然后，他吩咐妻子赶快用这些小牛给他做早饭。

杰克躲在烤炉里，透过铁铸的炉门，将这一切听得清清楚楚。接着又听见魔王用鼻子咻咻咻地在屋里闻了闻，似乎觉察到了什么，瓮声瓮气地说："怪事，我闻到一股英国人的气味。他一定就在附近。管他是活着还是死了，我非把他碾成粉末做面包吃不可。"

魔王的嗅觉可真灵呀！他已经闻到了杰克的气味。魔王夫人见状忙拦住他说："你又胡说八道了！这不是昨天你吃过的那个小娃子的味吗？快坐下来，脱了靴子，等我把早饭给你做好。"

魔王听从了妻子的劝阻，在桌旁坐了下来。不一会儿的工夫，魔王夫人就把做熟的三头小牛端了进来。

魔王吃过了早饭，走到一口小木柜前，拧开柜门上的铁丝，从柜里取出了三袋金币。他把金币哗啦一声倒在桌上，默默数了一遍，又装回到布袋里，摆在一旁。这时，他被一夜的奔波猎食折腾得又累又困，再也打不起精神，便伏在桌上打起盹来。他一边睡一边打着鼾，杰克在烤炉里听得真切，那鼾声太可怕啦！就好像闷热而又沉静的八月天里响起十个旱天雷一样。趁这机会，魔王夫人悄悄地打开了烤炉门。

"快！快逃走吧！"她低声催促杰克，"他睡着了，但愿上帝保佑你，让你在他醒来之前离开这里。"

杰克跳出烤炉，一眼瞥见魔王放在桌上的三只钱袋。他趁魔王夫人转身离去的机会，迅速抓起一只钱袋，朝外奔去。

杰克顺着来路撒腿如飞地跑着，一直来到豆茎跟前。他朝身后望去，见没有什么人追来，便跳上豆茎，伶俐地向下爬去。下着下着，看着快到地面，他便把手里的口袋朝下扔去，当然，这袋金币，不偏不斜，正掉在自己家的菜园里。

"天啊！这是上帝的恩赐吗？"妈妈见一只布袋掉在脚边，从里面滚出一堆金灿灿的金币，惊奇地叫起来。

"我长了这么一把年纪，还头一遭看见三伏天的早晨从天上掉金子呢。"她乐陶陶地嘀咕着，正要弯腰去拾地上的金币，只见杰克顺着豆茎，飞快地溜到了地面。她高兴极了："我的孩子！"

"妈妈！怎么样？"杰克答应一声，跑上去拥抱着妈妈，兴高采烈地围着菜园手舞足蹈。

"现在，你还把你儿子当成一个没用的、无知的、呆笨的蠢货吗？"杰克静下来，调皮地望着妈妈说，"我看啦，有这一袋金币，我们再也不用和饥饿做伴了。"妈妈现在也承认了，儿子到底比自己想象的要强得多，她带着骄傲的神气对儿子说："过去我就说过，你比别的孩子聪明伶俐得多。"她乐得说话也没了边儿："看来，这头牛卖得还合算。当然，这里也有我一份功劳呢，要不是我把这些豆粒扔到这块刚施过肥的地上，它们会长得这么快？"

收起了金币，杰克兴冲冲地来到了集市。他先给妈妈买了一件青丝裙，又买了两只熏火腿，还买了一匹刚上套的小马和一辆小马车。他把新买到的碗碟、小刀、斧头，以及一些自己爱玩的小东西，都装在车上。然后，他甩个响鞭，赶起马车朝家归去。

在那以后很长一段时间里，杰克一家靠这些用金币买来的东西，生活得兴旺起来。

3

    然而，断了源头的小河也会干涸，何况是一袋金币。日子一久，杰克家里的钱又花得分文不剩了。尽管如此，杰克怎么也舍不得把心爱的小马、小车和那些一道买来的东西再拿去卖掉。于是，他决定再一次登门拜访那座天上的楼房，以便弄点儿别的东西来用。当然，这是充满危险的行动，毫无疑问，对自己的初次登门和丢掉的那袋金币，魔王夫人肯定是记忆犹新的。但是，杰克主意已定，他对这样的冒险已经产生了浓厚的兴趣。这也难怪，整天待在妈妈的小屋里，确实令人百无聊赖。

    一个晴朗的早晨，杰克又一次爬上窗口，跳上天梯一样的豆茎，向上爬去。他爬呀爬呀，一直来到白云边的大路上。他跳下豆茎，大步朝前走去，很快又来到了那座大楼房面前。他看到身材高大的魔王夫人正站在门前，抖着一块抹布。

    "您好，老妈妈，"杰克走上去问候道，"您早上可好？"

"不见到你，我精神倒还愉快。"魔王夫人冷笑着答道。

"怎么样，您能再给我弄点儿早饭吃吗？"

"哼，想得倒美！那天早上，我好心好意给你饭吃，可就在我的眼皮底下，一袋金币却不见了！"魔王夫人声色俱厉地说。

"您怎么能这么说呢？"杰克装作十分惊讶的样子问道，"这怎么可能呢？"

"怎么可能？嘿，你比我心里明白得多！"

"好吧，就算我明白，"杰克坦然自若地说，"如果您能给我早饭吃，我就把事情发生的经过全部告诉你。"

魔王夫人正急于知道金币的下落，便答应下来。她把杰克带进厨房，把面包、奶酪和一大杯牛奶摆到了他的面前。

当杰克快要吃完饭时，一声不同寻常的巨响从远处传来，房屋也震颤起来。杰克一听那轰隆轰隆轰隆的声音，便知道是魔王回家吃早饭来了。

"怎么办？还是先藏在烤炉里吧！"魔王夫人敏捷地把杰克推进烤炉，关好了炉门。正在这时，屋门砰的一声被打开，魔王腰里别着两头大奶牛闯了进来。

"喏，"魔王把牛放到桌上，对妻子说，"用它们给我做早饭，要快！"

"哧哧哧！哎，我闻到一股英国人的气味，我非把他抓住，碾成粉末做面包不可，管他是死的还是活的！"

"快别瞎扯啦！"魔王夫人打断他的话，提醒他说，"你忘了，这不是你昨天烤那两个小胖娃娃的味吗？"说着，她边做饭边劝他说："快坐下歇歇吧，我这就把早饭做好。"

吃罢早饭，魔王吩咐妻子："去，把我的芦花鸡抱来。"

魔王夫人走出去，很快便抱着一只芦花鸡走进来。魔王接过母鸡，放在桌上，叫了一声："下！"只见那只芦花鸡立刻下了一个纯金的圆蛋蛋。那金蛋掉在桌上，骨碌碌向桌边滚去。魔王伸手抓了过来，揣进了衣兜。接着，他又叫了一声，"下！"芦花鸡应声又下了一个金蛋。就这样，魔王不住地叫，芦花鸡不停地下，也数不清到底下了多少金蛋。最后，魔王的叫声断了，芦花鸡也不再下了。原来，魔王奔走一夜，又困又乏，把头一垂，睡过去了。这一次，他的鼾声打得比上次还凶，足有二十个旱天雷那样震人耳鼓。杰克躲在烤炉里，不由得一阵毛骨悚然。

魔王夫人见丈夫睡着了，便打开烤炉门，把杰克放了出来。她命令杰克马上交代他盗走金币的经过，不然就杀死他。

杰克出了烤炉，早把桌上站着的芦花鸡看在眼里。他心中盘算："这只芦花鸡准有大用处。"于是，他灵机一动，不慌不忙地对魔王夫人要求说："让我交代很容易，请您去给我弄点儿水来，刚才我在烤炉里闷了半天，又热又渴，您总不能让我干着嗓子给你讲呀！"

魔王夫人觉得杰克言之有理，转身走去取水。杰克一见时机到了，上前抱起母鸡，夹在腋下，向门外奔去。不料芦花鸡受了惊，立刻咯咯咯大叫起来。

鸡叫声把魔王从沉睡中惊醒，他抓起身旁的大棒，紧跟着杰克窜出门去。魔王夫人在后院听到响声，急忙赶回屋去，可是杰克、丈夫和芦花鸡早已不见了。

杰克像一阵风似的奔跑，魔王在后面拼命追赶。虽然魔王身高腿长，可他好像还没完全醒过来，神志还是迷迷糊糊的呢。再加上早饭吃得太多，他感到肚子又胀又沉重，怎么也跑不快。杰克比魔王先跑几步，又生得身轻如燕，因此，他很快跑上了大路，左右躲闪着，和魔王周旋。芦花鸡在他腋下拼命拍打着翅膀，啼叫着，像要把一个死人叫活过来一样。

魔王手里舞着那根长满结子的大棒，边追边不住嘴地大喊大叫。他这一喊，便有一股强大的气流从口里喷出来，直吹得杰克的脚步越来越快了。跑着跑着，眼看魔王渐渐逼近杰克，两人相距只有几步远了。魔王对准杰克，一棒打去，杰克将身子一闪，躲过大棒，又朝前跑去。正在这危急之时，一件意外的事救了杰克的性命。一片浓重的白云从远处翻滚而来，转眼间，大路上的一切全被乳白色的云雾淹没了。杰克用尽全身力气，飞一般地冲进白雾，把自己隐藏了起来。这时，他只能看到眼前几步远的道路，他急中生智，在白雾的掩护下，翻身滚到了大路旁的深沟里，躲过了魔王的视线。

他伏在地上，听见魔王拖着沉重的大棒，步音如雷地从大路上跑了过去，嘴里还咬牙切齿地咒骂着。隔了好半天，才听到他嘟嘟哝哝地走回来，杰克隐约听到他在抱怨今天的损失太惨重了。

等到魔王的脚步声一点儿也听不见了，杰克才从沟里爬出来，向前走去。没费多时，他来到了豆茎旁。他将芦花鸡用一只胳膊夹好，然后顺着豆茎向下爬去。出了云层，他下得更快了。很快，他已经看见了正在院里溜达的妈妈。

"哎！妈妈！"杰克离地面还有老高，便从豆茎上跳了下来，他上气不接下气地笑着，把芦花鸡高高举过了头顶，"瞧，这只大母鸡怎么样？"

"我的天！"妈妈吓了一跳，惊异地望着从天而降的儿子，"下回你还要干什么哪？"

妈妈随儿子进到屋里，杰克忙回身把门关严，他高兴之余，并没忘记芦花鸡会飞出屋去逃掉。准备好后，鸡被放到地当中。杰克屏住气息，叫了一声："下！"果然，芦花鸡蹲下身子，下了一个金蛋。

妈妈一见，对儿子的智慧更加惊讶不已。她帮助儿子把芦花鸡安顿在笼子里后，立刻戴上头巾，揣起金蛋，到街上去买巴望已久的食物去了。从那时起，杰克一家靠芦花鸡生下的金蛋，度过了一次次饥寒困苦。家里的日子越来越富裕了。

4

没过多久，杰克心中烦闷，又燃起了上天冒险的欲望。他决定再到魔王那儿走一遭。不用问，这次前去将比前两次更加危险，因为现在无论是魔王还是魔王夫人，都对杰克充满了刻骨仇恨，落进他们手里，杰克再有本领，也难活着回来。

然而，这一切都不能把杰克吓退。在一个风和日丽的早晨，杰克又爬上豆茎，向上攀去。他越爬越快，一直来到了洁白如玉的云中大道。太阳放射出耀眼的光辉，杰克心中充满信心和快乐。来到魔王的楼房附近时，他才变得小心谨慎起来。

正像往常一样，魔王夫人又在门前出现了。杰克耐心地等着，直到她转身回到大门里去了，他才敏捷地向大门扑去。

他向门里望了望，里面毫无声息。他心里估摸，魔王夫人大概到后院去了，不然就是在楼上。

杰克不敢怠慢，躬身溜进了厨房。他四下搜寻着，想找个藏身之处，先躲起来。他明白，再躲到烤炉里是危险的，再说，烤炉正烧着什么，不时发出吱吱的响声，里面待不得人。他又转身来到一口大铜锅面前，掀起锅盖一瞧，感到很满意。"这里面倒是一间挺不错的小暗室。"他一边想着，一边小心翼翼地爬了进去。

杰克刚把锅盖反手盖好，便听到了魔王夫人走进来的声音。隔了一会儿，轰隆轰隆轰隆的声音又从远处传来。"哦，是魔王回来啦！"他想。

魔王进到屋里，不待屋子停止颤抖，便吩咐妻子赶快给他准备早饭。忽然，他好像觉察到了什么，满腹狐疑地四下闻着，对夫人说："奇怪，怎么又有一股英国人的气味？这次我可不能大意，非把这个捣蛋鬼抓住不可。"

这次他的妻子可没说他胡扯，而是用赞同的口吻说："你说得很对，亲爱的，我好像也闻到一股怪味。"

她想起了杰克，连忙走到烤炉前，打开了炉门。然而，三只烤熟的整羊依旧并排躺着，连杰克的影子也没有。她把三只整羊摆到桌上，魔王立刻大吃起来。这时，魔王夫人放心不下，开始仔细审视屋子的各个角落，从椅子底下，到碗橱里面，连魔王的小柜也搜遍了，可是毫无所得。

"亲爱的，这是一股小孩子的味道。"魔王边吃饭边说。

"我敢说，"魔王夫人点点头，"一定是偷芦花鸡的那个小混蛋。他可让我们吃尽了苦头，我一定要抓住他，千刀万剐，才解我心头之恨！"

魔王夫人各处搜遍，唯独忘记了查看她的铜锅，她有些沮丧地嘀咕着："怪事，怎么连个影子也没有呢？"

"没错，是那小孩子的味道，我非把他抓住不可！"魔王气呼呼地说。可是像往常一样，一顿饱餐之后，困意又猛烈地向他袭来。他倒在安乐椅上，吩咐妻子把他的竖琴拿出来。魔王夫人听了，立刻取来一架金制的竖琴，样子玲珑可爱，她把它摆到了桌上。

"竖琴，唱！"魔王唤了一声，只听竖琴自动演奏起来。随着美妙动听的旋律，唱起了悠扬悦耳的歌。歌声甜蜜得令人陶醉，魔王听着听着，慢慢合上了眼睛，接着便响起了沉闷的鼾声。

杰克躲在铜锅里，把这一切都听得真真切切。他站起身，将锅盖轻轻掀开一条缝，向外偷偷望去。他见魔王夫人已经出去了，便悄悄爬出铜锅，紧接着，一个箭步抢到桌旁，把金竖琴抓在了手里。突然，金竖琴意外地响起断了弦一般的声音，并且高声叫着："救命啊！主人，救命！"杰克急了，拔腿向外飞跑。魔王听到呼救，拎起大棒，跳起来便追。

杰克跑出楼房，顺着大路逃去。魔王捉人心切，忘了看路，刚跑到台阶上，不幸得很，脚下一滑，吧唧摔了个仰面朝天，大木棒被扔出几丈远。他一边破口大骂，一边爬起来，抓起大棒，一瘸一拐地追去。

这一次可再也没有祥云来掩护杰克了。虽然他不断灵活地躲闪着，可魔王还是越追越近了。杰克手里的竖琴似乎比先前更绝望了，嘶声叫喊："主人！主人快救我！快救我！……"

这声音催促着杰克比前两次更快地跑到了豆茎旁。说时迟，那时快，杰克嗖地纵身一跃，跳上豆茎，脚不踩叶似的向下滑去。

当他下到一半的时候，整个豆茎开始剧烈地摇荡起来，仿佛受到猛烈的飓风的袭击。杰克抬头望去，心中暗吃一惊。原来魔王已经跳上豆茎，向下爬来。他的身体压得豆茎不断在空中摇荡，像要翻倒一样。时间一分一秒地过去，魔王已渐渐追了上来。

眼看快到地面时，杰克连声向下呼喊："妈妈！你在哪儿？快！快把斧头给我拿来！"

杰克双脚刚一落地，妈妈已经从屋里赶出来，手里握着一把锋利的板斧。这时，整个小菜园在魔王的遮蔽下，显得一片阴暗。杰克从妈妈手里接到斧子，用尽平生力气，向豆茎的根子狠命砍去。

顿时，高耸入云的豆茎抖得更厉害了。杰克鼓足了劲，一阵猛砍，豆茎终于被砍断了。五棵豆茎发出嘎吱吱的响声，急速地向下倒去。

这时，随着一声撕心裂肺的惨叫，只见魔王撒开了双手，从半空中倒栽葱摔下来。紧跟着，咕咚一声扎到地上。

这一下摔得太重啦！魔王的脖子都摔折了，魔王当场便一命呜呼了。再看杰克家的小菜园，被魔王砸了一个深深的大坑。事后，杰克花了整整三天的时间，才把它填平。

这就是那些神奇的豆茎的结局，也是魔王的末日。我想，魔王那座高大的楼宇大概仍旧耸立在白云之上的大路尽头吧！可是从那以后，由于失去了豆茎架成的天梯，便再也没有听到从那儿传来的信息。

不过，每当天上狂风大作的时候，杰克便会郑重其事地告诉妈妈，这一定是魔王夫人在哭她死去的丈夫。其实，我敢断定，杰克想错了。人们谁不知道，无论是哪个魔王，只要他们一旦死去，他们的妻子很快便会再嫁给一个新的男人。

杰克和妈妈后来怎样呢？他们自从战胜了魔王，便在自家的小农舍里开始了真正的幸福生活。每当他们需要买新的东西，就让芦花鸡为他们下一个金蛋。每当他们觉得烦闷的时候，他们便取出金竖琴，奏起新生活的乐章，唱起美妙动人的歌曲。这歌声使他们永远地摆脱了孤独和忧愁。因为远近的人们闻声而至，常常陪伴着杰克一家，和他们共同分享那从魔王手里夺来的幸福和无尽的欢乐。

（赵沛林　刘希彦／译）

小冬青树之歌

〔英国〕希尔维亚·克莱尔

很久很久以前，在古老森林里，长着一棵小小的冬青树。

她使劲地向着天空长啊长啊，总算长得又高又大，几乎和周围的树一样枝繁叶茂了。

不过，多年来，小冬青树只顾着自己使劲地生长，一点儿也没有注意森林里其他的树呢。

一天，小冬青树伸展了一下自己那长长的树枝，又摇了摇自己深绿色的针形叶子，开始留意观察起四周的情景。

小冬青树紧靠着一棵高大的栗树。栗树的树枝上长满了嫩芽。

不过，栗树的棕色嫩芽总是黏黏的样子。

小冬青树低头看了看自己小小的绿色嫩芽，心想：

"栗树的嫩芽长得多奇怪啊！为什么栗树跟我这么不一样呢？"

小冬青树又摇了摇自己茂密的树枝，丛生的叶子发出了沙沙的响声。

她好想叫醒沉睡的老栗树。

可是，栗树在春日的阳光中睡得好沉呢。

突然，森林里响起了许多声音，有急切的欢呼声，咚咚的脚步声。

小冬青树不知道这是一些什么声音，便急切地往四周看了看，想知道到底发生了什么事情。

这时，小冬青树看到，一群小孩子穿过密密的树林，从远处跑了过来。

他们跑到了栗树跟前，手拉着手围着栗树唱着、叫着、跳着，好快乐哦！

然后，他们停止了跳舞，开始攀折着长着许多棕色幼芽的枝条。

小冬青树听见了他们在说话："等叶子长出来的时候，这些枝条会有多么漂亮啊！我们可以把它们插到花瓶里，装上水，摆到窗台上去。"

小冬青树看着看着，心里一阵羡慕。

她好想孩子们也能走过来，摘一些她的嫩芽带回他们的家中。

于是，她起劲地摆动着叶子，摇动着枝条，以便吸引住孩子们的目光。

可是，孩子们并没来折小冬青树的枝条。

不管她怎么使劲摇晃，孩子们根本就没有注意到她的存在。

孩子们走了，小冬青树好伤心哦，一连几天都没有兴趣往四周观看。

森林里好安静，不见一个人影。

小冬青树终究有一颗好奇的心，不久，她又开始观察起四周的情景了。

在不远处的森林边上，生长着一棵山楂树。山楂树上开满了洁白的花朵，长满了嫩嫩的、淡绿色的叶子，叶子上还镶有美丽好看的叶边。

"好漂亮的山楂树啊！"冬青树低头看了看自己长满尖刺的、不起眼的叶子，从心里赞叹说。

她觉得，和美丽的、雪白的山楂花相比，自己的花实在是太小了，小得几乎看不见。

她不由得伤心起来。

突然，她又听到了唱歌跳舞的声音。

"也许，这一次，孩子们是来看我的哦。"她一边这样想着，一边看着孩子们跑着、跳着来到了森林。

他们带着各种各样的小包和毯子。

他们从小冬青树身边跑过，径直来到山楂树下，拉起手来，围着山楂树跳起舞来，就像前几天围着栗树跳舞一样。

小冬青树望着眼前的情景，心里依然希望他们会来看她。

可是，孩子们跳完舞之后，就开始采摘山楂。

他们把花儿插在头发上后，继续围着山楂树跳舞。

他们笑着，跳着，高兴地直拍手。

最后，那些大一点儿的孩子拿出一块大大的毯子铺在山楂树下的草地上。

孩子们一起坐到地毯上吃起了野餐。

小冬青树看着孩子们，心想："如果他们吃完野餐后，还能围着她跳舞该多好啊！"

可是，野餐过后，孩子们又围着山楂树跳了一会儿舞，然后回家去了。

小冬青树好伤心，甚至开始埋怨起自己那深绿色的带针刺的叶子了。

她好想跟别的树一样，拥有淡绿色的叶子，雪白的、大朵的花朵。

最后，她把自己的树枝使劲往下垂了垂。她下决心从此再也不去注意四周的情景了。

几个星期后，小冬青树又听到了孩子们的欢笑声。

开始时她不想抬眼观看。不过，不一会儿，她就按捺不住自己的好奇心了。

她想："这一次，孩子们说不定是来看我的呢！"

可是，孩子们仍然没有走近她。

他们来到森林中央一棵古老的山毛榉树下。山毛榉树粗壮的树枝几乎伸到了地面上。

孩子们开始爬树。有的爬到低矮的树枝上，有的一直爬到了高高的树顶上。他们利用树枝间的光影图案来做游戏。

他们还玩海盗船的游戏，玩树房子的游戏，还有其他各种各样好玩的探险游戏。

小冬青树看了看山毛榉树平滑粗壮的树枝，又看了看自己紧密得透不出一丝阳光的树枝。她知道，孩子们是永远不会跟自己玩这些游戏的。

于是，她把自己的树枝压得更低了，尽量不去想那些根本就没有在意她的存在的孩子们。

她觉得，自己这样难看，这样孤独啊！

太阳快要下山了，孩子们不再玩耍，准备回家去了。

望着他们穿出森林，一路欢声笑语、渐渐远去的背影，小冬青树再一次感到了沉重的悲伤。她想："假如能有一群孩子在我身上爬来爬去，做着游戏，该多么快乐啊！或许，我应该努力再长得大一些，那样孩子们也许就会来跟我玩的吧。"

可是，无论她怎么努力地长啊长啊，她也不可能长得更快了。

几个星期以后，孩子们又回到了森林里。

这一次，他们带来了手提包、棍子，还有袋子。

他们先是围在远处并排生长的大橡树下，一次次把棍子扔向橡树的树枝间，然后去捡起打落在地上的橡子。

他们一边打橡子，一边谈论着，要把这些橡子拿去喂农场里的猪。

最后，他们把所有的盒子和袋子都装满了橡子，高高兴兴地回家去了。

小冬青树看着自己小小的坚硬的绿色浆果，都遮盖在带有尖刺的深绿色叶子中，几乎谁也看不见。她想："怎样才能让孩子们过来跟我玩呢？"

风越吹越猛，天气越来越冷。

冬天来了，森林里其他树上的叶子，开始变成各种美丽的颜色。

孩子们又跑进了森林。他们在树下的一堆堆落叶间

跳舞。

他们还捡起被大风吹落的枯枝，堆成一堆，用大石头围住，点起篝火来。

当然，他们很小心，生怕引燃整片森林。

他们一边跳舞，一边从森林那边的栗树上摘下栗子，放到火里烤着吃。

没有一个孩子靠近小冬青树。他们也不捡她落下的树枝和叶子。

因为她的叶子上有许多尖刺，会扎手。

不用说，现在，她真的很讨厌自己的叶子和树枝了。

她多么希望自己能像森林里其他的树那样，吸引孩子们过来和她一起玩啊！

可是，她的叶子形状和树枝大小是无法改变的。她永远只能是一棵冬青树，因为，那样才是她自己。

这一天，小冬青树正在伤感地叹息着，突然，她又听到孩子们回到森林的声音。

这一次，她没有去看他们要到哪里去玩。她紧捂着自己的耳朵，紧闭了自己的眼睛，好让自己不要感觉到孩子们的存在。

她没有看见他们向她走来，也没有听见他们在说："呀！冬青树的红浆果多么漂亮啊！看，她的叶子还是那么郁郁葱葱的！而别的树却都光秃秃的了。"

然后，孩子们开始围着小冬青树跳起舞来。

他们歌唱她浆果的美丽，歌唱整个冬天她如何伸展着葱郁的叶子，为那些躲在她浓密的、深绿的叶子里和紧紧缠绕的细小树枝里的小鸟们提供食物和温暖。

他们围着小冬青树跳啊唱啊……

这时，小冬青树抬起头，露出了惊奇和快乐的笑容。

她使劲地舞动着自己的绿叶，摇晃着自己的浆果。

是啊，孩子们终于来看她了！他们终于也围着她唱歌、跳舞了。

孩子们十分感谢冬青树送给他们绿叶和浆果。

他们把绿叶和浆果带回了家，好给单调灰暗的冬天增添一些葱郁的绿色。

小冬青树感到好骄傲哦。因为，她现在是整座森林里唯一能吸引孩子们的一棵树。她高兴地看着孩子们带着自己的一些绿叶和浆果回家去了。

第二年春天，孩子们来看望栗树的时候，小冬青树也在快乐地看着他们做游戏。

她在一边微笑着想道："不要着急，会轮到我的。"

不用说，从此，她再也不感到伤感和孤独了。

（徐 鲁／译）

希尔维亚·克莱尔，英国作家、心理学家，婴幼儿教育家，生辰不详。她主张小朋友要多读童话，特别强调父母要懂得和孩子阅读分享童话，在寓教于乐中释放孩子的天性。代表作有《小枞青树之歌》《狐狸和蓝葡萄》《紫罗兰》等。

夜莺与蔷薇

〔英国〕王尔德

"她说过只要我送给她一朵红蔷薇,她就同我跳舞,"年轻的学生大声说,"可是我的花园里,连一朵红蔷薇也没有。"

夜莺在她的常青橡树上的巢里听见了他的话,她从绿叶丛中向外张望,非常惊讶。

"找遍我整个花园都找不到一朵红蔷薇,"他哭着说,美丽的眼睛里充满了泪水,"唉,想不到幸福就系在这么细小的事情上面!我读过了那帮聪明人写的东西,一切学问的秘密我都知道了,可就因为少了一朵红蔷薇,我的生活变成很不幸的了。"

"现在到底找到一个忠实的情人了,"夜莺自语道,"我虽然不认识他,可是我每夜都在歌颂他。我一夜又一夜地把他的故事讲给星星听,现在我亲眼看见他了。他的头发美得像盛开的风信子，他的嘴唇就像他向往的蔷薇那样红。可是热情使他的脸变得像一块失色的象牙，忧愁已经印上他的眉梢了。"

"王子明晚要开舞会，"年轻的学生喃喃自语地说，"我所爱的人要去赴会。要是我带一朵红蔷薇去送她，她便会同我跳舞到天亮。要是我送她一朵红蔷薇，我便可以搂着她，让她的头靠在我肩上，她的手被捏在我手里。可是我的园子里并没有红蔷薇，我就不得不寂寞地枯坐在那儿，她会走过我面前却不理我。她不理睬我，我的心就要碎了。"

"这的确是一个忠实的情人，"夜莺说，"我所歌唱的，正是使他受苦的东西。在我是快乐的东西，在他却成了痛苦。爱情真是一件了不起的东西。它比绿宝石更宝贵，比猫眼石更值钱。用珠宝也买不到它。它不是陈列在市场上的，它不是可以从商人那儿买到的，也不能称轻重拿来换钱。"

"乐师们会坐在他们的廊厢里，"年轻的学生说，"弹奏他们的弦乐器，我心爱的人会跟着竖琴和小提琴的声音跳舞。她会跳得那么轻快，好像她的脚就没有挨着地板似的，那些穿漂亮礼服的朝臣会团团地围住她。可是她不会同我跳舞，因为我没有红蔷薇带给她。"于是他扑倒在草地上，双手蒙住脸哭起来。

"他为什么哭？"一条小小的绿蜥蜴竖起尾巴跑过学生面前，这样问道。

"的确，为的什么？"一只蝴蝶说，他正跟着一线阳光飞舞。

"的确，为的什么？"一朵雏菊温和地对他的邻人小声说。

"他为了一朵红蔷薇在哭！"夜莺答道。

"为了一朵红蔷薇！"他们嚷起来，"多么可笑！"小蜥蜴素来爱讥诮人，他大声笑了。

然而夜莺了解学生的烦恼，她默默地坐在橡树的树枝上，想着爱情的不可思议。

突然她张开她的棕色翅膀，往空中飞去。她像影子似的穿过树林，又像影子似的飞过了花园。

在草地的中央有一棵美丽的蔷薇树，她看见了那棵树，便飞过去，栖在它的一根小枝上。

"给我一朵红蔷薇，"她大声说，"我要给你唱我最好听的歌。"

可是这棵树摇了摇它的头。

"我的蔷薇是白的，"它回答，"像海里浪花那样白，比山顶的积雪更白。你去找我那个长在旧日晷仪旁边的兄弟吧，也许他会把你要的东西给你。"

夜莺便飞到那棵生长在日晷仪旁边的蔷薇树上去。

"给我一朵红蔷薇，"她大声说，"我要给你唱我最好听的歌。"

可是这棵树摇了摇它的头。

"我的蔷薇是黄的，"它答道，"就像坐在琥珀宝座上的美人鱼的头发那样黄，比刈草人带着镰刀到来以前在草地上开花的水仙更黄。去找我那个长在学生窗下的兄弟吧，也许他会把你要的东西给你。"

夜莺便飞到那棵长在学生窗下的蔷薇树上去。

"给我一朵红蔷薇，"她大声说，"我要给你唱我最好听的歌。"

可是这棵树摇了摇它的头。

"我的蔷薇是红的，"它答道，"像鸽子脚那样红，比在海洋洞窟中扇动的珊瑚大扇更红。可是冬天已经冻僵了我的血管，霜已经冻枯了我的花苞，风雨已经打折了我的树枝，我今年不会再开花了。"

"我只要一朵红蔷薇，"夜莺叫道，"只是一朵红蔷薇！我还有什么办法可以得到它吗？"

"有一个办法，"树答道，"只是那太可怕了，我不敢对你说。"

"告诉我吧，"夜莺说，"我不怕。"

"要是你想要一朵红蔷薇，"树说，"你一定要在月光底下用音乐造成它，并且用你的心血染红它。你一定要拿你的胸脯抵住我的一根刺来给我唱歌。你一定要给我唱一整夜，那根刺一定要刺穿你的心。你的鲜血也一定要流进我的血管里来变成我的血。"

"拿死来换一朵红蔷薇，代价太大了，"夜莺大声说，"生命对每个人都是很宝贵的。坐在绿树上望着太阳驾着他的金马车，月亮驾着她的珍珠马车出来，是一件多快乐的事。山楂的气味是香的，躲藏在山谷里的桔梗同在山头开花的石楠也是香的。可是爱情胜过生命，而且一只鸟的心怎么能跟一个人的心相比呢？"

她便张开她的棕色翅膀飞起来，飞到空中去了。她像影子似的掠过花园，又像影子似的穿过了树丛。

年轻的学生仍然躺在草地上，跟她先前离开他的时候一样：他那美丽眼睛里的泪水还不曾干去。

"你要快乐啊，"夜莺大声说，"你要快乐啊，你就会得到你那朵红蔷薇的。我要在月光底下用音乐造成它，拿我的心血把它染红。我只要求你做一件事来报答我，就是你要做一个忠实的情人，因为不管哲学是怎样地聪明，爱情却比她更聪明；不管权力是怎样地伟大，爱情却比他更伟大。爱情的翅膀是像火焰一样的颜色，他的身体也是像火焰一样的颜色。他的嘴唇像蜜一样甜，他的气息如同乳香。"

学生在草地上仰起头来，并且侧着耳朵倾听，可是他不懂夜莺在对他讲些什么，因为他只知道那些写在书本上的事情。

可是橡树懂得，他觉得难过，因为他很喜欢这只在他枝上做巢的小夜莺。

"给我最后唱首歌吧，"橡树轻轻地说，"你死了，我会觉得很寂寞。"

夜莺便唱歌给橡树听，她的声音好像银罐子里沸腾着的水声一样。

她唱完歌，学生便站起来，从他的衣袋里拿出一个笔记本和一支铅笔。

"她长得好看，"他对自己说着，便穿过树丛走开了——"这是不能否认的，可是她有情感吗？我想她大概没有。事实上她跟大多数的艺术家一样，她只有外表的东西，没有一点儿真诚。她不会为别人牺牲她自己。她只关心音乐，每个人都知道艺术是自私的。不过我还得承认她的声音里也有些美丽的调子。只可惜它们完全没有意义，也没有一点儿实际的好处。"他走进屋子，躺在他那张小床上，又想起他的爱人，过一会儿，他便睡熟了。

等着月亮升到天空的时候，夜莺便飞到蔷薇树上来，拿她的胸脯抵住蔷薇刺。她把胸脯抵住刺整整唱了一夜，清澈的冷月也俯下头来静静听着。她整整唱了一夜，蔷薇刺也就刺进她的胸膛，越刺越深，她的鲜血也越来越少了。

她起初唱着一对小儿女心里的爱情。在蔷薇树最高的枝头上开出了一朵奇异的蔷薇花，歌一首一首地唱下去，花瓣儿也跟着一片一片地绽开了。花儿起初是浅白色的，就像罩在河上的雾，浅白色像晨光的脚，银白色像黎明的翅膀。最高枝上开花的那朵蔷薇，就像一朵在银镜中映出的蔷薇花影，就像一朵在水池中映出的蔷薇花影。

可是树叫夜莺把刺抵得更紧一点儿。"靠紧些，小夜莺，"树大声说，"不然，蔷薇还没有完成，白天就来了。"

夜莺便把蔷薇刺抵得更紧，她的歌声也越来越响亮了，因为她正唱着一对成年男女心灵中的热情。

一层娇嫩的红晕染上了蔷薇花瓣，就跟新郎吻着新娘的时候，他脸上泛起的红晕一样。可是刺还没有达到夜莺的心，所以蔷薇的心还是白的，因为只有夜莺的心血才可以把蔷薇的心染红。

树叫夜莺把刺抵得更紧一点儿。"靠紧些，小夜莺，"树大声说，"不然，蔷薇还没有完成，白天就来了。"

夜莺便把蔷薇刺抵得更紧，也抵得更深，刺到了她的心。一阵剧痛散布到她全身。她痛得越厉害，越厉害，她的歌声也唱得越激昂，越激昂，因为她唱到了由死来完成的爱——在坟墓里永远不朽的爱。

这朵奇异的蔷薇变成了深红色，就像东方天空的朝霞。花瓣的外圈是深红的，花心红得像一块红玉。

可是夜莺的歌声渐渐地弱了，她的小翅膀扑起来，一层薄翳罩上了她的眼睛。她的歌声越来越低，她觉得喉咙被什么东西堵住了。

于是她唱出了最后的歌声。明月听见它，居然忘记落下去，却只顾在天空徘徊。红蔷薇听见它，便带了深深的喜悦颤抖起来，张开花瓣去迎接清晨的凉气。回声把它带到山中她的紫洞里去，将酣睡的牧童从好梦中唤醒。它又飘过河畔芦苇丛，芦苇又把它的消息给大海带去。

"看啊，看啊！"树叫起来，"现在蔷薇完成了。"可是夜莺并不回答，因为她已经死在长得高高的青草丛中了，心上还带着那根蔷薇刺。

正午，学生打开窗往外看。

"啊，真是很好的运气啊！"他嚷起来，"这儿有一朵红蔷薇！我一辈子没有见过一朵这样的蔷薇。它真美，我相信它有一个长长的拉丁名字。"他弯下身子到窗外去摘了它。

于是他戴上帽子，拿着红蔷薇，跑到教授家中去。

教授的女儿坐在门口，正在纺车上绕缠青丝，她的小狗躺在她的脚边。

"你说过要是我送你一朵红蔷薇，你就会跟我跳舞，"学生大声说，"这儿有一朵全世界最红的蔷薇。你今晚上就把它戴在你贴心的地方，我们一块儿跳舞的时候，它会对你说，我多么爱你。"

可是少女皱着眉头。

"我怕它跟我的衣服配不上，"她答道，"而且御前大臣的侄儿送了我一些上等珠宝，谁都知道珠宝比花更值钱。"

"好吧，我老老实实告诉你，你是忘恩负义的。"学生带怒地说。他把花丢到街上去，花刚巧落进路沟，一个车轮在它身上辗了过去。

"忘恩负义！"少女说，"我老实对你说，你太不懂礼貌了，而且你究竟是什么人？你不过是一个学生。唔，我不相信你会像御前大臣的侄儿那样鞋子上钉着银扣子。"她站起来走进屋里去了。

"爱情是多无聊的东西，"学生一边走，一边说，"它的用处比不上逻辑的一半。因为它什么都不能证明，它总是告诉人一些不会有的事，并且总是教人相信一些并不是实有的事。总之，它是完全不实际的，并且在我们这个时代，什么都得讲实际，我还是回到哲学上去，还是去研究形而上学吧。"

他便回到他的屋子里，拿出一本满是灰尘的书读起来。

（巴 金／译）

奥斯卡·王尔德（1854~1900），英国诗人、剧作家和童话作家。生于都柏林。1888年出版第一部童话集《快乐王子及其他故事》，轰动一时。英国《典雅》杂志将他和安徒生相提并论，说他的《自私的巨人》堪称"完美之作"，整本童话集更是纯正英语的结晶。除童话外，还著有小说《坎特维尔城堡的幽灵》《人面狮身的女子》《道林·格雷的画像》，戏剧《不可儿戏》《温夫人的扇子》等。

快乐王子

〔英国〕王尔德

快乐王子的像在一根高圆柱上面，高高地耸立在城市的上空。他满身贴着薄薄的纯金叶子，一对蓝宝石做成他的眼睛，一只大的红宝石嵌在他的剑柄上，灿烂地发着红光。

他的确得到一般人的称赞。一个市参议员为了表示自己有艺术的欣赏力，说过："他像风信标[1]那样漂亮。"不过他又害怕别人会把他看作一个不务实际的人（其实他并不是不务实际的），便加上一句："只是他不及风信标那样有用。"

"为什么你不能像快乐王子那样呢？"一位聪明的母亲对她那个哭着要月亮的孩子说，"快乐王子连做梦也没

[1] 或译定风针。——译者注

想到会哭着要东西。"

"我真高兴世界上究竟还有一个人是很快乐的。"一个失意的人望着这座非常出色的像喃喃地说。

"他很像一个天使。"孤儿院的孩子们说，他们正从大教堂出来，披着光亮夺目的猩红色斗篷，束着洁白的遮胸。

"你们怎么知道？"数学先生说，"你们从没有见过天使。"

"啊！可是我们在梦里见过的。"孩子们答道。数学先生皱起眉头，板着面孔，因为他不赞成小孩子做梦。

某一个夜晚一只小燕子飞过城市的上空。他的朋友们六个星期以前就到埃及去了，但是他还留在后面，因为他恋着那根最美丽的芦苇。他还是在早春遇见她的，那时他正沿着河顺流飞去，追一只黄色飞蛾，她的细腰吸引了他的注意，他便站住同她谈起话来。

"我可以爱你吗？"燕子说，他素来就有马上谈到本题的脾气，芦苇对他深深地弯一下腰。他便在她的身边不停地飞来飞去，用他的翅膀点水，画出许多银色的涟漪。这便是他求爱的表示。他就这样地过了一整个夏天。

"这样的恋爱太可笑了，"别的燕子呢喃地说，"她没有钱，而且亲戚太多。"的确，河边长满了芦苇，到处都是。后来秋天来了，他们都飞走了。

他们走了以后，他觉得寂寞，讨厌起他的爱人来了。他说："她不讲话，我又害怕她是一个荡妇，因为她老是跟风调情。"这倒是真的，风一吹，芦苇就行着最动人的屈膝礼。他又说："我相信她是惯于家居的，可是我喜欢旅行，那么我的妻子也应该喜欢旅行才成。"

"你愿意跟我走吗？"他最后忍不住问她道。然而芦苇摇摇头，她非常依恋家。

"原来你从前是跟我寻开心的，"他叫道，"我现在到金字塔那边去了。再会吧！"他飞走了。

他飞了一个整天，晚上他到了这个城市。"我在什么地方过夜呢？"他说，"我希望城里已经给我预备了住处。"

随后他看见了立在高圆柱上面的那座像。他说："我就在这儿过夜吧，这倒是一个空气新鲜的好地点。"他便飞下来，恰好停在快乐王子的两只脚中间。

"我找到一个金的睡房了。"他向四周看了一下，轻轻地对自己说。他打算睡觉了，但是他刚刚把头放到他的翅膀下面去的时候，忽然大大的一滴水落到他的身上来。"多么奇怪的事！"他叫起来，"天上没有一片云，星星非常明亮，可是下起雨来了。北欧的天气真可怕。芦苇素来喜欢雨，不过那只是她的自私。"

接着又落下了一滴。

"要是一座像不能够遮雨，那么它又有什么用处？"他说，"我应该找一个好的烟囱去。"他决定飞开了。

但是他还没有张开翅膀，第三滴水又落了下来，他仰起头去看，他看见——啊！他看见了什么呢？

快乐王子的眼里装满了泪水，泪珠沿着他的黄金的脸颊流下来。他的脸在月光里显得这么美，叫小燕子的心里也充满了怜悯。

"你是谁？"他问道。

"我是快乐王子。"

"那么你为什么哭呢？"燕子又问，"你看，你把我一身都打湿了。"

"从前我活着，有一颗人心的时候，"王子慢慢地答道，"我并不知道眼泪是什么东西，因为我那个时候住在无愁宫里，悲哀是不能够进去的。白天有人陪我在花园里玩，晚上我又在大厅里领头跳舞。花园的四周围着一道高墙，我就从没有想到去问人墙外是什么样的景象，我眼前的一切都是非常美的。我的臣子都把我称作'快乐王子'。不错，如果欢娱可以算作快乐，我就的确是快乐的了。我这样地活着，我也这样地死去。我死了，他们就把我放在这儿，而且立得这么高，让我看得见我这个城市的一切丑恶和穷苦，虽然我的心是铅做的，但我也忍不住哭了。"

"怎么，他并不是纯金的？"燕子轻轻地对自己说。他非常讲究礼貌，不肯高声谈论别人的私事。

"远远的，"王子用一种低微的、音乐似的声音说下去，"远远的，在一条小街上有一所穷人住的房子。一扇窗开着，我看见窗内有一个妇人坐在桌子旁边。她的脸很瘦，又带病容。她的一双手粗糙、发红，指头上满是针眼，因为她是一个裁缝。她正在一件缎子衣服上绣花，绣的是西番莲，预备给皇后的最可爱的宫女在下一次宫中舞会上穿的。在这屋子的角落里，她的小孩生病躺在床上。他发热，嚷着要橙子吃。他母亲没有别的东西给他，只有河水，所以他在哭。燕子，燕子，小燕子，你肯把我剑柄上的红宝石取下来给她送去吗？我的脚钉牢在这个像座上，我动不了。"

"朋友们在埃及等我，"燕子说，"他们正在尼罗河上飞来飞去，同大朵的莲花谈话。他们不久就要到伟大的国王的坟墓里去冬眠了。那个国王自己也就睡在他的彩色的棺材里。他的身子是用黄布紧紧裹着的，而且用了香料来保存。一串浅绿色翡翠做成的链子系在他的颈项上，他的一只手就像干枯的落叶。"

"燕子，燕子，小燕子，"王子要求说，"你难道不肯陪我过一夜，做一回我的信差么？那个孩子渴得太厉害了，他母亲太苦恼了。"

"我并不喜欢小孩，"燕子回答道，"我还记得上一个夏天我停在河上的时候，有两个粗野的小孩，就是磨坊主人的儿子，他们常常丢石头打我。不消说他们是打不中的。我们燕子飞得极快，不会给他们打中，而且我出身于一个以敏捷出名的家庭，更不用害怕。不过这终究是一种不友好的表示。"

然而快乐王子的面容显得那样地忧愁，叫小燕子的心也软下来了。他便说："这儿冷得很，不过我愿意陪你过一夜，我高兴做你的信差。"

　　"小燕子，谢谢你。"王子说。

　　燕子便从王子的剑柄上啄下了那块大红宝石，衔着它飞起来，飞过栉比的屋顶，向远处飞去了。

　　他飞过大教堂的塔顶，看见那里的大理石的天使雕像。他飞过王宫，听见了跳舞的声音。一个美貌的少女同她的情人正走到露台上来。"你看，星星多么好，爱的魔力那么大！"他对她说。"我希望我的衣服早点儿送来，赶得上大舞会，"她接口道，"我叫人在上面绣了西番莲花，可是那些女裁缝太懒了。"

　　他飞过河面，看见挂在船桅上的无数的灯笼，他又飞过犹太村，看见一些年老的犹太人在那里做生意讲价钱，把钱放在铜天平上面称着。最后他到了那所穷人的屋子，朝里面看去，小孩正发着热在床上翻来覆去，母亲已经睡熟，因为她太疲倦了。他跳进窗里，把红宝石放在桌上，就放在妇人的顶针旁边。过后他又轻轻地绕着床飞了一阵，用翅膀扇着小孩的前额。"我觉得多么凉，"孩子说，"我一定好起来了！"说完便沉沉地睡去了，睡得很甜。

燕子回到快乐王子那里，把他做过的事讲给王子听。他又说："这倒是很奇怪的事，虽然天气这么冷，我却觉得很暖和。"

"那是因为你做了一件好事。"王子说。小燕子开始想起来，过后他睡着了。他有这样的一种习惯，只要一用思想，就会打瞌睡的。

天亮以后他飞下河去洗了一个澡。一位禽学教授走过桥上，看见了，便说："真是一件少有的事，冬天里会有燕子！"他便写了一封讲这件事的长信送给本地报纸发表。每个人都引用这封信，尽管信里有那么多他们不能理解的句子。

"今晚上我要到埃及去。"燕子说，他想到前途，心里非常高兴。他把城里所有的公共纪念物都参观过了，还在教堂的尖顶上坐了好一阵。不管他到什么地方，麻雀们都吱吱叫着，而且互相说："这是一位多么显贵的生客！"因此他玩得非常高兴。

月亮上升的时候，他飞回到快乐王子那里。他问道：

"你在埃及有什么事要我办吗？我就要动身了。"

"燕子，燕子，小燕子，"王子说，"你不肯陪我再过一夜吗？"

"朋友们在埃及等我，"燕子回答道，"明天他们便要飞往尼罗河上游到第二瀑布去，在那儿河马睡在纸草中间，门浪神[1]坐在花岗石宝座上面。他整夜守着星星，到晓星发光的时候，他发出一声欢乐的叫喊，然后便沉默了。正午时分，成群的黄狮走下河边来饮水。他们有和绿柱玉一样的眼睛，他们的叫吼比瀑布的吼声还要响亮。"

"燕子，燕子，小燕子，"王子说，"远远的，在城的那一边，我看见一个年轻人住在顶楼里面。他埋着头在一张堆满稿纸的书桌上写字，手边一个大玻璃杯里放着一束枯萎的紫罗兰。他的头发是棕色的，乱蓬蓬的，他的嘴唇像石榴一样地红，他还有一对蒙眬的大眼睛。他在写一部戏，预备写成给戏院经理送去，可是他太冷了，不能够再写一个字。炉子里没有火，他又饿得头昏

---

[1] 门浪神：古埃及神像，相传日出时能发出像竖琴一样的声音。——译者注

眼花了。"

"我愿意陪你再待一夜,"燕子说,他的确有好心肠,"你要我也给他送一块红宝石去吗?"

"唉!我现在没有红宝石了,"王子说,"我就只剩下一对眼睛。它们是用珍奇的蓝宝石做成的,这对蓝宝石还是一千年前在印度出产的,请你取出一颗来给他送去。他会把它卖给珠宝商,换钱来买食物和木柴,好写完他的戏。"

"我亲爱的王子,我不能够这样做。"燕子说着哭起来了。

"燕子,燕子,小燕子,"王子说,"你就照我吩咐你的做吧。"

燕子便取出王子的一只眼睛,往学生的顶楼飞去了。屋顶上有一个洞,要进去是很容易的,他便从洞里飞了进去。那个年轻人两只手托着脸颊,没有听见燕子的扑翅声,等到他抬起头来,却看见那颗美丽的蓝宝石在枯萎的紫罗兰上面了。

　　"现在开始有人赏识我了,"他叫道,"这是某一个钦佩我的人送来的。我现在可以写完我的戏了。"他露出很快乐的样子。

　　第二天燕子又飞到港口去。他坐在一只大船的桅杆上,望着水手们用粗绳把大箱子拖出船舱来。每只箱子上来的时候,他们就叫着:"杭育!……""我要到埃及去了!"燕子嚷道,可是没有人注意他,等到月亮上升的时候,他又回到快乐王子那里去。

　　"我是来向你告别的。"他叫道。

　　"燕子,燕子,小燕子,"王子说,"你不肯陪我再过一夜么?"

　　"这是冬天了,"燕子答道,"寒冷的雪就快要到这儿来了。这时候在埃及,太阳照在浓绿的棕榈树上,很暖和,鳄鱼躺在泥沼里,懒洋洋地朝四面看。朋友们正在巴伯克[1]的太阳神庙里筑巢，那些淡红的和雪白的鸽子在旁边望着，一边在讲情话。亲爱的王子，我一定要离开你了，不过我绝不会忘记你，来年春天我要给你带回来两粒美丽的宝石，偿还你给了别人的那两颗。我带来的红宝石会比一朵红玫瑰更红，蓝宝石会比大海更蓝。"

"就在这下面的广场上，站着一个卖火柴的小女孩，"王子说，"她把她的火柴都扔在沟里了，它们全完了。要是她不带点儿钱回家，她的父亲会打她的，她现在正哭着。她没有鞋、没有袜，小小的头上没有一顶帽子。你把我另一只眼睛也取下来，拿去给她，那么她的父亲便不会打她了。"

"我愿意陪你再过一夜，"燕子说，"但我不能取下你的眼睛。那个时候你就要变成瞎子了。"

"燕子，燕子，小燕子，"王子说，"你就照我吩咐你的话做吧。"

他便取下王子的另一只眼睛，带着它飞到下面去。他飞过卖火柴的小女孩的面前，把宝石轻轻放在她的手

---

[1] 巴伯克：古埃及城市，在尼罗河三角洲上，建有祀奉太阳神的庙宇。

——译者注

掌心里。"这是一块多么可爱的玻璃！"小女孩叫起来，她笑着跑回家去。

燕子又回到王子那儿。他说："你现在眼睛瞎了，我要永远跟你在一块儿。"

"不，小燕子，"这个可怜的王子说，"你应该到埃及去。"

"我要永远陪伴你。"燕子说。他就在王子的脚下睡了。

第二天他整天坐在王子的肩上，给王子讲起他在那些奇怪的国土上见到的种种事情。他讲起那些红色的朱鹭，它们排成长行站在尼罗河岸上，用它们的长嘴捕捉金鱼。他讲起司芬克斯[1]，它活得跟世界一样久，住在沙漠里面，知道一切的事情。他讲起那些商人，他们手里捏着琥珀念珠，慢慢地跟着他们的骆驼走路。他讲起月山的王，他黑得像乌木，崇拜一块大的水晶。他讲起那条大绿蛇，蛇睡在棕榈树上，有二十个僧侣拿蜜糕喂它。他讲起那些侏儒，他们把扁平的大树叶当作小舟，

---

[1] 司芬克斯：古希腊与埃及神话中，狮身人面的怪兽。现在埃及境内尚有司芬克斯的石像。——译者注

载他们渡过大湖，又常常同蝴蝶发生战争。

"亲爱的小燕子，"王子说，"你给我讲了种种奇特的事情，可是最奇特的还是那许多男男女女的苦难。再没有比贫穷更不可思议的了。小燕子，你就在我这个城的上空飞一转吧，你告诉我你在这个城里见到些什么事情。"

燕子便在这个大城的上空飞着，他看见有钱人在他们的漂亮的住宅里作乐，乞丐们坐在大门外挨冻。他飞进阴暗的小巷里，看见那些饥饿的小孩伸出苍白的瘦脸没精打采地望着污秽的街道。在一道桥的桥洞下面躺着两个小孩，他们紧紧地搂在一起，想使身体得到一点儿温暖。"我们真饿啊！"他们说，"你们不要躺在这儿。"看守人吼着，他们只好站起来走进雨中去了。

他便回去把看见的景象告诉了王子。

"我满身贴着纯金，"王子说，"你给我把它一片一片地拿掉，拿去送给那些穷人，活着的人总以为金子能够使他们幸福。"

燕子把纯金一片一片地啄了下来，最后快乐王子就变成灰暗难看的了。他又把纯金一片一片地拿去送给那些穷人。小孩们的脸颊上现出了红色，他们在街上玩着，大声笑着。"我们现在有面包了。"他们这样叫道。

随后雪来了，严寒也到了。街道仿佛是用银子筑成的，它们是那么亮，那么有光辉，长长的冰柱像水晶的短剑似的悬挂在檐前，每个行人都穿着皮衣，小孩们也戴上红帽子溜冰取乐。

可怜的小燕子却一天比一天地更觉得冷了，可是他仍然不肯离开王子，他太爱王子了。他只有趁着面包师不注意的时候，在面包店门口啄一点儿面包屑吃，而且拍着翅膀来取暖。

但是最后他知道自己快要死了。他就只有一点儿气力，够他再飞到王子的肩上去一趟。"亲爱的王子，再见吧！"他喃喃地说，"你肯让我亲你的手吗？"

"小燕子，我很高兴你到底要到埃及去了，"王子说，"你在这儿住得太久了。不过你应该亲我的嘴唇，因为我爱你。"

"我现在不是到埃及去，"燕子说，"我是到死之家去的。听说死是睡的兄弟，不是吗？"

他吻了快乐王子的嘴唇，然后跌在王子的脚下,死了。

那个时候在这座像的内部忽然响起了一个奇怪的爆裂声，好像有什么东西破碎了似的。事实是王子的那颗铅心已经裂成两半了。这的确是一个极可怕的严寒天气。

第二天大清早，市参议员们陪着市长在下面广场上散步。他们走到圆柱的时候，市长仰起头看快乐王子的像。"啊，快乐王子多么难看！"他说。

"的确很难看！"市参议员们齐声叫起来，他们平日总是附和市长的意见的，这时大家便走上去细看。

"他剑柄上的红宝石掉了，眼睛也没有了，他也不再是黄金的了。"市长说，"讲句老实话，他比一个讨饭的好不了多少！"

"比一个讨饭的好不了多少。"市参议员们说。

"他脚下还有一只死鸟！"市长又说，"我们的确应该发一个布告，禁止鸟死在这个地方。"书记员立刻把这个建议记录下来。

后来他们就把快乐王子的像拆下来了。大学的美术教授说："他既然不再是美丽的，那么就不再是有用的了。"

他们把这座像放在炉里熔化，市长便召开了一个会来决定金属的用途。"自然，我们应该另外铸一座像，"

他说，"那么就铸我的像吧。"

"不，还是铸我的像吧。"每个市参议员都这样说，他们争吵起来。我后来听见有人谈起他们，据说他们还在争吵。

"真是一件古怪的事，"铸造厂的监工说，"这块破裂的铅心在炉里熔化不了。我们一定得把它扔掉。"他们便把它扔在一个垃圾堆上，那只死燕子也躺在那里。

"把这个城里两件最珍贵的东西给我拿来。"上帝对他的一个天使说。天使便把铅心和死鸟带到上帝面前。

"你选得不错，"上帝说，"因为我可以让这只小鸟永远在我天堂的园子里歌唱，让快乐王子住在我的金城里赞美我。"

（巴　金／译）

自私的巨人

〔英国〕王尔德

　　每天下午，孩子们放学以后，总喜欢到巨人的花园里去玩。

　　这是一个可爱的大花园，园里长满了柔嫩的青草。草丛中到处露出星星似的美丽花朵，还有十二棵桃树，在春天开出淡红色和珍珠色的鲜花，在秋天结满丰硕的果子。小鸟们坐在树枝上唱出悦耳的歌声，它们唱得那么动听，孩子们都停止了游戏来听。"我们在这儿多快乐！"孩子们欢叫着。

　　有一天巨人回来了。他离家去看望朋友，就是那个康华尔地方的吃人鬼，在那里一住便是七年。七年过完了，他已经把他要说的话说尽了（因为他谈话的才能是有限的），便决定回到自己的府邸来。他到了家，看见小孩们正在花园里玩。

"你们在这儿做什么？"他粗暴地叫道，小孩们都跑开了。

"我自己的花园就是我自己的花园，"巨人说，"这是随便什么人都懂得的，除了我自己，我不准任何人在里面玩。"所以他就在花园的四周筑了一道高墙，挂起一块布告牌：

不准擅入　违者重惩

他是一个非常自私的巨人。

那些可怜的小孩们现在没有玩的地方了，他们只好勉强在街上玩，可是街道灰尘多，到处都是坚硬的石子，他们不喜欢这个地方。他们放学以后常常在高墙外面转来转去，并且谈论墙内的美丽的花园。"我们从前在那儿是多么快活啊！"他们都这样说。

春天来了，乡下到处都开着小花，到处都有小鸟歌唱，单单在巨人的花园里却仍旧是冬天的气象。鸟儿不肯在他的花园里唱歌，因为那里再没有小孩的踪迹。树木也忘了开花。偶尔有一朵美丽的花从草间伸出头来，可是它看见那块布告牌，禁不住十分怜惜那些不幸的孩子，它马上就缩回到地里，又去睡觉了。觉得高兴的只有雪和霜两位。它们嚷道："春天把这个花园忘记了，所以我们一年到头都可以住在这儿。"雪用它的白色大氅盖着草，霜把所有的树枝涂成了银色。它们还请北风来同住。它果然来了，身上裹着皮衣，整天在园子里四处吼叫，把烟囱管帽都吹倒了。它说："这是一个适意的地方，我们一定要请雹来玩一趟。"于是雹来了。它每天总要在这府邸的屋顶上闹三个钟头，把瓦片弄坏了大半才停止。然后它又在花园里绕着圈子用力跑。它穿一身的灰色，呼出的气息就像冰一样。

"我不懂为什么春天来得这样迟，"巨人坐在窗前，望着窗外他那寒冷的、雪白的花园，自言自语，"我盼望天气不久就会变好。"

可是春天始终没有来，夏天也没有来。秋天给每个花园带来金色果实，但巨人的花园却什么也没有得到。"他太自私了。"秋天这样说。因此冬天永远留在那里，还有北风，还有雹，还有霜，还有雪，它们快乐地在树丛中跳舞。

一天早晨巨人醒来，忽然听见了动人的音乐。这音乐非常好听，他以为一定是国王的乐队在他的门外走过。其实这只是一只小小的梅花雀在他的窗外唱歌，但是他很久没有听见一只小鸟在他的园子里歌唱了，所以他会觉得这是全世界最美的音乐。这时雹也停止在他的头上跳舞，北风也不吼叫了，一股甜香透过开着的窗来到他的鼻端。"我相信春天到底来了。"巨人说着便跳下床去看窗外。

他看见了什么呢？

他看见一个非常奇怪的景象。孩子们从墙上一个小洞爬进园子里来，他们都坐在树枝上面，他在每一棵树上都可以见到一个小孩。树木看见孩子们回来十分高兴，便都用花朵把自己装饰起来，还在孩子们的头上轻轻地舞动胳膊。鸟儿们快乐地四处飞舞歌唱，花儿们也从绿草中间伸出头来看，而且大笑了。这的确是很可爱的景象。只有在一个角落里冬天仍然留着，这是园子里最远的角落，一个小孩正站在那里。他太小了，他的手还挨不到树枝，他就在树旁转来转去，哭得很厉害。这棵可怜的树仍然满身盖着霜和雪，北风还在树顶上吹，叫。"快爬上来！小孩。"树一面对孩子说，一面尽可能地把枝子垂下去，然而孩子还是太小了。

巨人看见窗外这个情景，他的心也软了。他对自己说："我是多么自私啊！现在我明白为什么春天不肯到这儿来了。我要把那个可怜的小孩放到树顶上去，随后我要把墙毁掉，把我的花园永远永远变作孩子们的游戏场。"他的确为他从前的举动感到十分后悔。

他轻轻地走下楼，悄悄地打开前门，走进院子里去。但是孩子们看见他，非常害怕，立刻逃走了，花园里又现出冬天的景象。只有那个最小的孩子没有跑开，因为他的眼里充满了泪水，使他看不见巨人走过来。巨人慢慢地走到他后面，轻轻地抱起他，放到树枝上去。这棵树马上开花了，鸟儿们也飞来在枝上歌唱。小孩伸出他的两只胳膊，抱住巨人的颈项，跟他亲吻。别的小孩看见巨人不再像先前那样凶狠了，便都跑回来。春天也就跟着小孩们来了。巨人对他们说："孩子们，花园现在是你们的了。"他拿出一把大斧，砍倒了围墙。中午人们赶集经过这里，看见巨人和小孩们一块儿在他们从未见过的这样美的花园里面玩。

巨人和小孩们玩了一整天，天黑了，小孩们便来向巨人告别。

"可是你们那个小朋友在哪儿？我是说那个由我放到树上去的孩子。"巨人最爱那个小孩，因为那个小孩吻过他。

"我们不知道，他已经走了。"小孩们回答。

"你们不要忘记告诉他，叫他明天一定要到这儿来。"巨人嘱咐道，但是小孩们说他们不知道他住在什么地方，而且他们以前从没有见过他。巨人觉得很不快活。

每天下午小孩们放学以后，便来找巨人一块儿玩。可是巨人喜欢的那个小孩却再也看不见了。巨人对待所有的小孩都很和气，可是他非常想念他的第一个小朋友，并且时常讲起他。"我多么想看见他啊！"他时常这样说。

许多年过去了，巨人也很老了。他不能够再跟小孩们一块儿玩了，因此他便坐在一把大的扶手椅上看小孩们玩各种游戏，同时也欣赏他自己的花园。他说："我有许多美丽的花，而孩子们才是最美丽的花。"

一个冬天的早晨，他起床穿衣的时候，把眼睛转向窗外望。他现在不恨冬天了，因为他知道这不过是春天在睡眠，花在休息罢了。

他突然惊讶地揉他的眼睛，并且向窗外看了再看。这的确是一个很奇妙的景象。园子的最远的一个角落里有一棵树，枝上开满了可爱的白花。树枝完全是黄金的，枝上低垂着累累的银果，在这棵树下就站着他所爱的那个小孩。

巨人很欢喜地跑下楼，进了花园。他急急忙忙地跑过草地，来到小孩身边。等他挨近小孩的时候，他的脸带着愤怒涨红了，他问道："谁竟敢伤害了你？"因为小孩的两只手掌心上现出两个钉痕，在他两只小脚的脚背上也有两个钉痕。

"谁竟敢伤害了你？我立刻拿我的大刀去杀死他。"巨人叫道。

"不！"小孩答道，"这是爱的伤痕啊。"

"那么你是谁？"巨人说，他突然起了一种奇怪的敬畏的感觉，便在小孩面前跪下来。

小孩向着巨人微笑了，对他说："你有一回让我在你的园子里玩过，今天我要带你到我的园子里去，那就是天堂啊。"

那天下午小孩们跑进园子来的时候，他们看见巨人躺在一棵树下，他已经死了，满身盖着白花。

（巴　金／译）

115

饼干树

〔英国〕布莱顿

从前有一位小仙子，名叫米克尔。他住在一间摇摇欲坠的小茅屋里。他的菜园里只种一些马铃薯和白菜，再也没有种任何别的东西了，因为这个菜园小得可怜。

米克尔很穷，但很善良。假如有人来敲他那扇米黄色的柴门，乞讨一个便士，他会摇摇头说："我连半个便士也没有，但可以送你一片面包或者两三颗马铃薯。"

对他的帮助，绝大多数人都给予酬报，总是送他几块饼干。

米克尔穷到这种地步：他从来没有自己买过一块饼干。他经常只靠面包、马铃薯和白菜度日。

然而，他实在太喜欢吃饼干了！

"我真的说不清我最喜欢吃哪一种饼干。"他常常这么说，"姜脆饼干，好极了——味道绝妙无比。而范妮老大娘制作的巧克力饼干，一放进嘴里就化掉了，真美！至于果酱夹心的小饼干，啊，我但愿能整天吃个不停！"

一天，米克尔有点儿倒霉了：一头山羊闯进他的小菜园，把他准备过冬吃的小白菜统统啃光了！他走到贮藏室，想拿一两颗马铃薯煮熟充饥，这才发现，所有的马铃薯都被老鼠吃光了！

米克尔无可奈何地哭了！他准备过冬的蔬菜连同绝大部分的马铃薯都没了，叫他吃什么活下去呀？

他走进屋里。这天，他去帮助莱特富特开垦菜园，得到了六块上面贴有一小片蛋糕的饼干。他本来打算保存它六个星期，每个星期天喝茶时吃一块，但现在可真饿得不行了，他觉得自己很可能忍不住，会一下子全部吃光的！

就在这时，来了一个小小的女孩，站在院子大门外。她是个乞丐。穿的衣服破破烂烂的。她看到米克尔屋子的烟囱升起了一缕炊烟，心里想："要是能走进屋里，在炉火旁待一会儿，那多好！"

当米克尔正想去拿一块饼干充饥时，门慢慢地开了，那个小女孩伸出她那颗披头散发的小脑袋，往屋角窥视着。

米克尔惊讶地瞪大眼睛。

小女孩微笑着，走了进来。

"我太冷了！"她说，"看到你的烟囱冒烟了，我想进来瞧一眼那可爱的、温暖的炉火。"

"进来吧，请坐到炉火旁。"米克尔立即表示欢迎，"尽管它只不过是几根枯树枝烧成的，但能给人快乐和温暖。"

于是，衣衫褴褛的小女孩就坐在炉火旁烤手。

她看到米克尔手里拿着一个小袋子，便问他那里面装着什么东西。

"饼干。"米克尔回答。

"啊！"小女孩叹了一声。她没有开口讨要，但她的眼睛变得更圆了，身子显得更加瘦小，而且肯定饥肠辘辘。

米克尔觉得应该分一块饼干给她，便给了她一块，但也只能给一块。

"谢谢你！"小女孩接过这块饼干，就像狗抢骨头一般地嘎啦一声，迅速咬碎，一口吞下了！然后，她又注视着那袋饼干。

米克尔知道不能再分给她了，否则，以后的五个星期天，他就没有饼干当茶点了。但他心肠软，情不自禁地把手伸进小袋子里，又拿出一块饼干来……

噢，这小女孩已经接连吃掉了六块饼干之中的五块了。

当米克尔正把最后那一块也递给她时，院子外面传来了一声呼唤："快走呀，宾尼，快走，你在哪儿？马上过来！"

小女孩立即跳了起来。她名叫宾尼，刚才是她的父亲在叫她。她迅速地拥抱了米克尔一下，飞快地穿过菜园跑出去了，她的父亲正站在院子大门外等着她。

"这位小仙子对我太仁慈了，父亲！"小姑娘喊道，"给他一个酬谢吧，父亲，请给他吧！"

她吃掉了最后那块饼干，有些饼干屑掉落在大门旁的地面上。

她的父亲，那位流浪汉，随即用脚把饼干屑踩进泥土里去。他那明亮的绿色眼睛凝视着米克尔，嘴里念念有词。

"有时候，一点点仁爱之心会长啊长，给我们带来意想不到的酬谢！"他说，"但有时候，不会！今天，顺风，或许你将走运！"

他对米克尔点了点头，和小女孩一起，一边跳着舞，一边往乡间小路走去。他们破烂的衣裳被风吹拂着，仿佛枯叶飘零。

米克尔关上院子的大门，走回他那暖和的厨房。但他又饥又饿——他仅有的六块饼干已全部送给那个小女孩吃了。日子实在艰难啊！

第二年春天，他已经把那个流浪汉和小女孩全忘了。从那次以后他再没碰到他们。况且，日夜得为生活操劳，除了劳动、糊口和睡觉，他真的没有时间去回忆其他任何事情。

有一天，他突然发现：在他家的院子大门旁，长出了一棵小小的但很茁壮的幼苗。他弯下腰细细瞧瞧，这种苗他过去从没有见过。或许是一株莠草吧，米克尔正准备把它拔掉，但他转念一想，既然不知道是什么，不妨留下来看看。

使他惊讶不已的是，这棵苗长呀长，长得非常快，三个月以后就长得同他的大门一般高了。它长成了一棵小树，而且长得使米克尔要外出时，不得不从树下走过。它确实是一棵极不平常的树！

米克尔对他的朋友谈起这件事。朋友们虽然也都见惯了仙术，但谁也没有见过长得这么快的树。

"不久，它就会开花，到时候我们就知道它是什么树了。"朋友们说。

果然，又过了一星期，它真的开花了，开出一种很有趣的花儿——鲜红的花瓣，平展展的黄色花蕊。

花开不多久，红色的花瓣凋谢了，那平展展的黄色花蕊长得更大了。每一个花蕊都神妙得令人困惑——直到最后，范妮老大娘猛地重重拍着米克尔的肩膀，叫了起来。

"这是一棵饼干树！天啊，一棵饼干树！整整五百年了，在这个仙国里谁也没有见过呢！饼干树，一棵饼干树！"

是的，范妮老大娘说得对。这是一棵饼干树，一点不错！饼干，长啊长，直到它们成熟了，饼干上还长出一层甜美可口的粉末，等待人们采摘呢。

米克尔满心喜悦地开始采摘了。啊！你看了也会想吃的。米克尔从杂货店那儿弄来了一些大大小小的铁罐子，里面衬上干净的纸，把采摘下来的饼干，整整齐齐地、一块一块地装进铁罐里。装满了一罐，盖好盖子，再接着装另一罐，干得乐呵呵的。

他给村里每家每户都送去一罐饼干，正像他父亲老米克尔生前常常做的那样。

当然，这是最好吃的那种饼干。

好长一段时间，没有人知道为什么会长出这么一棵饼干树。过了许久，莱特富特才猛然记起来，好多星期之前，她曾经送给米克尔一小袋饼干。

"你把那些饼干怎么处置了？"她问米克尔，"你吃了吗？"

"没吃，"米克尔说，"我把它们全送给一位小女孩了。"

"她是不是掉了一些饼干屑在你家院子的大门旁，也就是现在长出饼干树的那个地方呢？"莱特富特问。

"唔，是——的，是这样的——我记起来了，她的父亲把饼干屑都踩进泥土里，还说有时候仁慈会获得酬谢——而且他说那天顺风，我会走运。"米克尔叫了起来。

"啊，现在我们全明白了，"莱特富特说，"这就是你的仁慈长出来的！米克尔，你的饼干屑长出了你的饼干树。哦，真是奇妙无比呀！我真希望它能一年接一年继续开花、结果。"

啊，果然这样，从此以后，米克尔每年都有许多饼干吃，还常常送人。每年夏天，如果你走过米克尔家的大门口，就会看到那棵长了许多饼干的树——假如你向米克尔说一声"早晨好"，他肯定会给你装满一口袋饼干！

（黄嘉琬　黄后楼／译）

伊妮德·布莱顿（1897~1968），英国儿童文学作家，英国"国宝级"的童书大王。早年受过幼儿师范教育，后从事教育报刊工作。1922年出版第一本作品《儿童絮语》，1949年塑造了著名的童话人物"诺迪"。一生共创作了600多部儿童文学作品。代表作有《伊妮德童话》《"如愿椅"的历险记》《神秘岛》《世界第一少年侦探团》等。2008年被评选为"英国人最爱的作家"。

严寒老人

〔俄罗斯〕弗·费·奥多耶夫斯基

　　有一个巧姑娘和一个懒姑娘，她们和一个保姆生活在一起。巧姑娘聪明伶俐，每天起得早，不用保姆管，自己穿好衣服就起床生炉子、和面、扫地、喂鸡，然后到井里打水。

　　懒姑娘可不同，她躺在床上，打着呵欠，等到躺腻了，就喊保姆来给她穿袜子、系鞋带。起来后就开始要吃的，吃完就坐在窗边数苍蝇：飞来几只？飞走几只？本来想再躺躺，可是不累；本来想再数苍蝇，可是已经数腻了。这时候，巧姑娘打水回来了，用纸卷成一个尖筒，里面放上一点儿木炭或者大沙粒，把纸筒插在水罐口上，开始倒水。这样水就变得透明而干净了。倒完水，巧姑娘开始织袜子或者做头巾，要不然就缝衣服、补鞋子，没一刻闲着。

有一天，巧姑娘打水的时候，绳子断了，水桶掉进了井里。巧姑娘急得差点儿哭了，可是没办法，这是自己犯下的错，只好自己解决。她抓住绳子，顺着绳子爬到了井底。这时候，出现了奇迹：只见井底下有一个炉子，炉子里面有一个面包，烤得焦黄焦黄的。面包正待在烤炉里往外面张望着叫唤："我已经熟啦，松松脆脆，谁把我从炉子里拿出来，我就跟谁走！"

巧姑娘抓起铲子，把面包取出来，揣在怀里。

往前走，面前是一座花园，花园里是一棵树，树上结满了小小的金黄色苹果。苹果抖动着树叶，说："我们是熟透了的、果汁多多的小苹果。谁把我们从树上摇落，我们就归谁所有！"

巧姑娘走到树前，扶着树干摇了一阵，金黄色的小苹果全掉在她围裙里了。

再往前，巧姑娘看见一个白发苍苍的严寒老人正坐在她面前。老头儿坐在一条冰做的长凳上，正吃着雪团子，全身披着白霜，冒着冷气。

"啊！"他说，"你好啊！巧姑娘，谢谢你，给我带来了烤面包，我好久没吃这么热乎乎的东西了。"

严寒老人让巧姑娘坐下，两人一起把面包吃了，还吃了点儿金色的小苹果。

"我知道你干什么来了。"老头儿说，"你的桶掉在我井里了。我可以还你水桶，不过你得给我干三天活儿。如果你聪明机灵，会得到好处的；如果你偷懒，那你可没好处了。"老头儿说着站了起来，"现在我该休息了，你去给我铺床吧！记得把鸭绒褥子拍得松松的。"

在严寒老人的家里，整个房子都是冰做的，阳光照在上面，一切都像钻石一样璀璨发光。可是床上铺的不是鸭绒褥子，而是雪花，冷冰冰的，但是没办法，巧姑娘只好动手把雪搅得蓬蓬松松的。

她的手指冻得发白了，就和冬天在冰窟窿里洗衣服的穷人一样。严寒老人告诉她："没关系，用雪搓搓手指头，就暖和了。"然后他掀起褥子来，只见下面是一棵棵的小绿苗。"你看看，这些是庄稼，我用雪花被子压着它们，自己也躺在上面，不让雪花被风刮走。等春天来了，庄稼就要发芽、抽穗，最后要结麦粒。这时候我们就可以把它磨成面粉做面包了。"说完话，严寒老人就躺上去睡觉了。

这时，巧姑娘开始打扫整个房间，到厨房做好了饭，最后把老人的外衣和内衣都缝补好了。

老人起床后，对一切非常满意。巧姑娘在严寒老人家里待了三天。第三天，严寒老人对巧姑娘说："谢谢你，你是个聪明的小姑娘，我不会亏欠你的。你知道，人们干活儿是可以赚钱的，现在我把水桶还给你，里面放了一些五戈比的银币。另外，我还送你一个钻石别针作纪念。你可以用来别你的围巾。"

巧姑娘跟老头儿道谢后，别上小钻石别针，提了水桶，离开了。她抓住绳子，回到了家。刚走到门口，家里的公鸡高兴极了，大声叫道："喔喔喔！喔喔喔！巧姑娘桶里钱多多！"

家里的保姆和懒姑娘非常惊奇，保姆对懒姑娘说："你看看，干活儿能挣到什么！你也到那个老头儿家去，为他辛苦几天，给他收拾收拾家里。那样你也可以挣一把五戈比的银币。我们现在正缺钱用呢！"

懒姑娘不乐意到老人那里去，可是她希望得到一些银币，也希望得到一个小钻石别针。

于是，懒姑娘顺着井里的绳子下到井底。眼前有一个火炉，炉子烤箱里有个面包，焦黄焦黄的。面包正往外张望叫唤呢："我已经熟啦，松松脆脆，谁把我从炉子里拿出来，我就跟谁走！"

懒姑娘瞅瞅它："哼，我才不干呢！脏兮兮的，你要是想出来，就自己出来吧！"

她继续往前走，只见一个花园里有一棵树，树上结满了小小的金黄色苹果。苹果抖动着树叶，说："我们是熟透了的、果汁多多的小苹果。谁把我们从树上摇落，我们就归谁所有！"

"哼，我才不干呢！"懒姑娘回答，"我可不愿遭这个罪，你们自己掉了，我再捡也来得及。"

懒姑娘走到了严寒老人那里，老头儿正和从前一样坐在冰制的长凳上吃雪团子。

"小姑娘，你有什么事啊？"老人问。

"我来找你，想干几天活儿，挣点儿工钱。"懒姑娘说。

"行啊，小姑娘，干活儿是要给工钱的。不过，我得看看，你活儿做得怎样，你去把鸭绒被子拍松了，然后给我做饭，再缝补衣服。"

懒姑娘压根都没有做这些事。结果老人好像也不知道，躺在床上就睡了。起来后，自己做了午饭，和懒姑娘吃了，没有缝补的衣服也塞在柜子里。

三天过去了，懒姑娘要求回家，严寒老人给了她一个非常大的银锭和一个非常大的钻石。

懒姑娘很开心，她顺着绳子带着东西回家了。可是，银锭只是冰冻的水银，钻石只是冰块。严寒老人好好地惩罚了这个懒姑娘。

（孙映雪／译）

弗拉基米尔·费多罗维奇·奥多耶夫斯基（1803~1869），俄罗斯著名的浪漫主义哥特作家、哲学家、音乐评论家。俄罗斯古老的公爵家族中最后一位公爵（留里克王朝的直系后裔）。曾担任鲁缅采夫博物馆馆长、鲁缅采夫图书馆（现为俄罗斯国立图书馆）首任馆长。代表作有小说《公爵小姐米米》，童话《八音盒里的小城》《严寒老人》和《伊利涅伊爷爷的童话》等。

渔夫和金鱼的故事

〔俄罗斯〕普希金

在蔚蓝的大海边，一个老头儿和一个老太婆住在一间破旧的泥棚里，整整居住了三十三年。老头儿天天去海边撒网打鱼，老太婆整天在家里纺纱织线。

这天，老头儿撒下渔网，拉上来的全是海藻；老头儿第二次撒下渔网，落网的又是一些海藻；老头儿第三次把网撒下，这回网里有一条小鱼。它并不是一条普通的鱼，而是一条金鱼。

这条金鱼还能说话，它苦苦哀求着老渔夫："老大爷，请把我放回大海吧，为了赎身，我愿意付给你高昂的回报：你要什么，我就给什么。"

老头儿吃了一惊，他心里害怕：他打鱼打了三十三年，可从没碰到过会说话的金鱼。老头儿赶紧把小金鱼放回水里，对它说："小金鱼，这都是上帝保佑，我不要什么报答，你还是回到自由的大海中去吧。"

老头儿回了家，对老太婆讲了这件奇怪的事。老太婆听完后，破口大骂："你这个大傻瓜，饭桶，向金鱼要报酬，这都不懂？你哪怕讨一个木盆也好啊，咱们的旧木盆已经破得不能再用了。"

老头儿只好回到蔚蓝的海边，呼唤小金鱼，小金鱼出现了，向他游过来，问道："老大爷，你现在想要什么？"

老头儿行了个礼，回答道："求求你，请行行好，我家的老太婆骂了我一通，不让我片刻安宁。她说要一个新的木盆，我家的旧木盆已经破得不能用了。"

小金鱼听完，马上答应了："别难过，回家吧，上帝保佑！"

老头儿回家来见老太婆，家里真的多了一个新木盆。没想到老太婆骂得更凶了："你这个大傻瓜，饭桶，你多蠢，只要一个木盆？这木盆能值几个钱，赶紧回去，找那金鱼，求它给一间木屋。"

老头儿来到海边，海水开始浑浊。老头儿呼唤着小金鱼，小金鱼游过来，问道："老大爷，你现在要什么？"老头儿行了礼，回答道："求求你，请行行好。我家的老太婆骂得更凶了，她要一间木屋。"

金鱼听完，回答道："别难过，回家吧，上帝保佑！"

老头儿回家找自己的泥棚，没有找到，他面前是一座明亮的木屋，有一扇橡木板做的大门，有一个砖砌的雪白烟囱。老太婆坐在窗子旁边，看到他就开始破口大骂："你是个大傻瓜，饭桶，只要一间木屋？真蠢，快回去，我不愿做一个低贱的农妇，我想做一个世袭贵族。"

老头儿只好又来到蔚蓝的海边，这时海水变得十分不安。他开口呼唤着金鱼，小金鱼游过来，问道："老大爷，你现在想要什么？"老头儿行了礼，回答："求求你，请行行好。老太婆这次骂得更凶了，她如今不愿做一个农妇，要做一位世袭贵族。"小金鱼随即回答："别难过，回家吧，上帝保佑！"

老头儿回家见老太婆，结果只看到一座高楼。老太婆正站在门口，身上穿着名贵的貂皮坎肩，头上戴着镶金银的首饰，脖子上围着珍珠项链，手上戴着宝石黄金戒指，脚上穿一双红色的皮靴。许多殷勤的奴仆们正伺候着她，随她打骂。

老头儿过去说："你好啊，尊贵的贵族夫人，看来你现在应该满足了。"没想到老太婆冲他大骂，还派他到马厩当奴仆。

一个星期，两个星期过去了，老太婆越来越张狂任性。她又派老头儿去见金鱼："快回去，对金鱼说，我不愿再做世袭贵族，我要当自在的女王。"老头儿吓了一跳，恳求她说："你怎么了，吃错药了？老太婆，你说话、走路都不像样，小心全国人拿你当笑柄。"

老太婆听了怒火攻心，抬手给了老头儿一个耳光："跟我这世袭的贵族夫人，你个庄稼汉还敢顶撞。赶紧到海边，要是违抗，我押着你去！"

老头儿只好来到海边，此时海水已变得灰暗。他开口呼唤着小金鱼，金鱼游过来，问道："老大爷，你现在要什么？"老头

儿行了礼，回答说："求求你，请行行好，我那老太婆又发脾气，如今她不愿做贵族夫人，要做自在的女王。"小金鱼听了，回答说："别难过，回家吧，上帝保佑！"

老头儿回家来看老太婆，可眼前是什么呀？一座王宫！他看见老太婆真成了女王，正在宫里用膳。侍候她的尽是大臣贵族，给她斟外国的高级美酒，吃的东西花样多，什么都有。四周站着许多威武的卫士，一把把亮闪闪的斧头扛在肩上。老头儿向老太婆跪下，叩头行礼，嘴里说："你好啊，威严的女王！这回你该满意了吧？"老太婆瞅也不瞅老头儿，命人把他赶走，所有人都在讥笑他："这个大老粗，真是活该，这是你来的地方吗？"

一星期，两星期过去了，老太婆越来越张狂任性。她派人找来老头儿，命令说："快回去，对金鱼讲，我不愿做这自在的女王，我想做一个海上霸王，生活在海上，让小金鱼来侍候我，听我差遣。"

老头儿不敢抗命，一声不吭，来到了海边。这时海上刮着猛烈的黑色暴风，狂怒的大海汹涌澎湃。老头儿呼唤着金鱼，金鱼游过来，问道："老大爷，你现在要什么？"

老头儿行了礼，回答："求求你，请行行好。这老太婆现在不愿做一个女王，她想做海上霸王，并叫你去侍候她，供她差遣。"

小金鱼什么话也没说，只是用尾巴拍了拍水，一转身潜入了海底。老头儿在海边等了半天，也没见回音，只好回家见老太婆。

他眼前的仍旧是那间破旧的泥棚，门槛上坐着他的老太婆，面前仍是那个破木盆。

（孙映雪／译）

普希金（1799~1837），俄罗斯伟大的诗人、小说家，19世纪俄罗斯浪漫主义文学主要代表，同时也是现实主义文学的奠基人，现代标准俄语的创始人，被誉为"俄罗斯文学之父""俄罗斯诗歌的太阳"。诸体皆擅，创立了俄罗斯民族文学和文学语言，在诗歌、小说、戏剧乃至童话等文学各个领域都给俄罗斯文学提供了典范。被高尔基誉为"一切开端的开端"。代表作有《叶甫盖尼·奥涅金》《吝啬的骑士》《青铜骑士》《渔夫和金鱼的故事》《黑桃皇后》等。

兔子和泉水的故事

〔俄罗斯〕郭尔巴乔夫

　　森林里有只叫科西卡的兔子，长着一身灰色的毛，一对长长的耳朵，一双黑溜溜的眼睛。这是一只小兔崽，有着很强的好奇心，它每天在树林里、草地上东跑跑，西窜窜，可把它妈妈担心死了。而且它什么都喜欢问个为什么，"这是谁啊？那是什么啊？为什么这样？为什么那样？"这些问题可把大家烦透了。

　　一天，科西卡在一棵柳树下发现了一眼泉水。细长的水流从泉眼里流出来，潺潺流水，清澈见底。科西卡看了看，便问道："喂，你是谁啊，咱们认识一下好吗？"

　　"我是泉水。"水说。

　　"我是小兔子，叫科西卡。"

　　泉水礼貌地和兔子打着招呼，科西卡开始不断地询问："你从哪里来啊？你的家在地下吗？""你要干什么去啊？"

泉水老实地一一回答了兔子,说自己准备到远方旅行。

"哈哈!"科西卡笑起来了,"你连腿都没有,怎么旅行啊？不如我们来比赛,看谁跑得远？"

"那就来吧!"泉水答应了。

泉水说完这句话就钻进了草丛里,科西卡跟着蹦蹦跳跳地跑开了。跑了一会,科西卡被茂密的芦苇丛绊住了,只好绕开继续跑。可是泉水却欢快地穿过了草丛,跑了过去。

等到天上的太阳晒得脸发烫了,科西卡也累了。它想,论赛跑,泉水哪里是兔子的对手,肯定落在后面了。但是它想确定一下,于是喊道:"喂,泉水,你在哪儿呢？"

"我在这儿呢!"泉水从杨树丛中回答道,"我要往前跑啦!"

"你不累吗？"

"不累。"

"不想吃饭吗？"

"不想。"

"那好,咱们继续跑。"

跑啊跑啊，科西卡来到了一条横躺着的大河前面。兔子心想，泉水肯定过不了河，一定会被河水吞没的。这样正好，我可以回家了。离开之前，科西卡又大声地问了问："喂，泉水，你在哪儿啊？"

"我在这儿！"泉水在河里回答道。

"这是河水啊？"兔子很疑惑。

"我和别的泉水汇合啦。我们正一起跑呢，赶紧追上我吧！"泉水欢快地说。

科西卡开始感到很难过，泉水没有腿啊，怎么跑得比它还快呢？不只这样，它还讥笑自己。科西卡下定决心，继续追赶泉水。

沿着河岸，兔子撒开腿跑了起来，不管是白天还是黑夜，兔子都不断地跑着，没有停歇。可是四周黑咕隆咚的，兔子一下子摔进了灌木丛中，被荆棘扎伤了脚，鼻子也被碰破了。科西卡疲倦地躺在地上休息。天又亮了，河面上雾气腾腾，慢慢升起，然后化作了天上的白云。科西卡润了润嗓子，大声喊道："泉水，你在哪儿呀？"

"我在这儿呢！"天上传来了泉水的声音。

科西卡找来找去，发现声音是从天上的白云传来的：

“你怎么在那儿呢？”

“天上的太阳把我烤成了雾气，现在就变作云了。”泉水解释完同时问道，“科西卡，现在你还要往前跑吗？”

“不跑了，”科西卡说，“我想回家。你没有腿，可是会跑，你没有翅膀，可是会飞。我再也不跟你比了。”

“那我们就再见吧！”泉水笑着说道。

“再见！”科西卡大声喊着，“你要飞到很远很远的地方去了，我们再也见不到了。”

“会见面的！”泉水说完就随着白云飘走了。

科西卡回家了，因为它有整整一天一夜没有回家了，家里人既着急，又生气。妈妈狠狠责备了它一番，妹妹尽冲它伸舌头，哥哥给它后脑勺来了一下，但是科西卡仍然一副好奇的模样。“这是谁啊？那是什么啊？为什么这样啊？为什么那样啊？”

等到夏天过去，秋天来到。科西卡又来到了那棵柳树下，泉水家里肯定没人了吧。可是走去一瞧，泉水仍在那里缓缓流着，好像从没离开过。

“你好啊，科西卡！”泉水打着招呼。

“啊，你怎么回来了？”

"很简单。我随白云飞过草地、田野和森林，经过了好多没有去过的地方，可是天气慢慢冷了，我于是变成了雨，落到地上后，我就跑回来了。我正想着再来一次旅行呢，咱们再跑一次吧！怎么样啊？"泉水兴奋地叙述着自己的经历。

"不比了。"科西卡说，"我不和你比赛。我要去菜园，说不定有胡萝卜可以吃呢！"

（韩 璐／译）

郭尔巴乔夫（生卒年不详），俄罗斯作家。喜欢以小动物来编制自己的童话，故事风趣好玩。其儿童文学代表作有《小松鼠和狐狸》《奇妙的眼镜》《兔子和泉水的故事》《狐狸当保姆》等。

小刺猬的病好了

〔俄罗斯〕郭尔巴乔夫

小刺猬一早起来，吃完早饭，打扫好房间，准备出去玩。可这时乌云密布，大概要下雨了，小刺猬想了一下，没有出门。

它坐在家里，闷得发慌，可突然有个念头冒了出来：这树林里谁是我的朋友，谁又是我的敌人呢？最好马上就检验一番，可怎么检验呢？它想啊想啊，有了个主意：就说我病了，看看会怎么样。

小刺猬盘算好之后，先躺下来，然后扯过稻草垫子将自己从头到脚盖起来，只露出鼻子和眼睛在外面。小刺猬开始哼哼："哎哟，我病啦！哎哟，我病啦！"

很快，这消息在树林里传开了：小刺猬病得很厉害，说不定要死啦。

小山雀听见了，就告诉了小松鼠，小松鼠告诉了兔子，很快大家都知道了。小松鼠第一个来看小刺猬，带了一个从最高的松树上摘下来的大松果。

"吃吧，这里面维生素可多啦，我们松鼠一向是用松果治病的。"

"谢谢你！"小刺猬说，"请你把松果放在桌子上，我等会儿吃。"

一会儿，兔子来了，看了看小刺猬说："你这是出麻疹、咽喉炎，还有感冒、咳嗽，你该喝点儿浆果汁才好。"

"是啊，"小刺猬说，"我从哪儿能弄到浆果汁呢？"

"我去弄一点儿来。"兔子回答。

兔子去找大熊，告诉它小刺猬生病了，肚子疼，头也要裂了。大熊赶紧丢下手里的活儿，去帮小刺猬做浆果汁。不过，大熊不知道小刺猬最多吃两只浆果就好了，它急急忙忙去抱了一大堆浆果来，简直可以用卡车来装了。大熊抱着这堆浆果穿过树林，碰到了狐狸。狐狸问道："你这是干什么呀？"

"我去送药，小刺猬病了。"大熊回答。

"哎呀，你真笨，药都是一瓶一瓶的，哪有一大堆的。"狐狸吃吃笑着。

大熊不喜欢狐狸，只是嘟嘟哝哝地说："不关你的事，你一边去吧，小心我把你的腿掐断。"

大熊抱着浆果来到了小刺猬家门口，因为刺猬的房子太小了，拿不进去。兔子生起火炉，开始熬浆果汁。大熊向小刺猬问了声好，并祝愿它早日康复就离开了。这时候，田鼠一直把地洞挖到刺猬屋里来了，它带来了各种小菜根。

田鼠说："你呀，兔子，在浆果汤里加点儿菜根，熬出的药肯定效果好。我们田鼠一向是靠菜根治病的。"

不一会儿，小鹿送来了牛蒡草，小狗熊送来了款冬花，小海龙送来了好几朵睡莲。这些东西堆成一堆，足可以给树林里所有的动物治病啦。

兔子把所有这些东西加进锅里，慢慢熬着，整个树林里飘荡着世界上从未有过的药味。

狐狸在和大熊见面之后，去和老狼商量，告诉了它小刺猬生病的事。老狼狠狠地说："管它生不生病，要不是它满身都是刺，我早把它吞下肚了。它死了我也不可怜它。"

狐狸心想："不如我来把小刺猬吃掉吧，我假装去给它看病，然后让它翻身，肚皮朝上，这不就行了？"

狐狸说干就干，穿上一件白大褂，戴上有红十字的白帽子，到了小刺猬的家门口。

兔子一眼认出了它，赶紧进屋对小刺猬说："狐狸来了，它装扮成一位医生。"

"好吧，"刺猬说，"没关系，你走吧，我自己对付它。"

兔子把松果和一把火铲支在门顶上，然后离开了。

狐狸推门进来，门上的松果正好砸在头上，狐狸气得骂了起来："你这个坏家伙，医生给你看病，你这么没礼貌啊？"

"哎呀，"小刺猬用微弱的声音回答，"我看不见，听不清，什么也不知道。您真是医生吗？"

"这还能错？"狐狸换了温柔的声音说，"我是医生，专替刺猬治病。来，把肚子翻过来，我给你敲敲肚子，看看病情。"

"哎哟——哟，我翻不了身，我身体僵了，一点儿劲也没有！"

"那好，我等着吧，等你缓过劲来。"

狐狸在这里等了一个小时，又一个小时，心里升起一团无名怒火，它舌头发干，想喝水了。它看见桌上有个大锅，问道："这是什么呀？小刺猬。"

"哦，那是上好的清凉饮料，浆果汁。哎哟，我病啦，我多想喝水啊！"

狐狸听了暗自高兴，它对刺猬说："你不让我看肚皮，那好吧，你自个儿受罪吧，我可要尽情畅饮，喝个痛快。"

狐狸急忙倒出一大杯浆果汁，一口喝了下去。可是，这不是什么浆果汁，是大杂烩汤。狐狸刚咽下最后一滴，就打起了嗝，还不停地打呵欠，这可把它吓坏了。

"哎哟，哎哟，小刺猬把我毒死啦！"

这时，小刺猬哈哈大笑，说道："告诉你，狐狸，过一个小时，你就要瞎掉，再过一个小时，你就不能走啦，你要死啦。"

"哎呀，小刺猬，救救我吧！"

"只有一个办法，你赶紧跑到河边去，喝上一肚子凉水，躺在床上，什么都别吃，也许，你会好的。"

狐狸听完，把身上的白大褂和帽子全扔在地上，赶紧去找水。这时，小刺猬翻了个身，说道："我现在可知道谁是我的朋友，谁是我的敌人了。"

说完，它就找兔子打乒乓球去了。

（韩 璐／译）

灰姑娘

〔法国〕沙尔·贝洛

    从前有一位贵族，他的妻子死了，他娶了一个继室。那是一个从来没见过的最可恶最骄傲的妇人。她有两个女儿，什么都同她相像，连脾气也一样。贵族与前妻也有一个女儿，可是她非常温柔善良：这些好品行都是从她母亲那儿得来的，她母亲是世界上最好的妇人。

    继母到这个家里来了不久，她的坏脾气就显露出来了。她不能再忍受贵族与前妻生的女儿的许多好品行，因为她的好品行使继母自己的女儿显得益发可憎了。继母要这女孩子做家中的一切苦工，要她刷地板，洗扶梯，洗餐具，要她擦她们母女三个的卧房。她睡在屋顶阁楼中，拿干草当褥子，而她的两个姐姐却占有镶木地板的房间、最时髦的床、可以从头照到脚的大镜子。那可怜的女孩子暗暗地受着苦，不敢告诉她的父亲，因为他准会骂她，他是完全听妻子的话的。

她做完了她的事，就待在烟囱旁边，坐在灰堆里，因此家里人都称她"煨灶猫"。那第二个女儿没有她大姐姐粗野，只叫她"灰姑娘"。可是那灰姑娘穿着破衣衫，却比两个姐姐美丽百倍。她们虽然穿了极华丽的衣裳，也赶不上她。

那时，国王的儿子举行舞会，把所有的达官贵人都请来了。我们这两位小姐也在被邀之列，因为她们是当地有名的人物。她们多快乐啊，整天选择最时髦的衣饰。这给灰姑娘添了许多麻烦，因为她要烫她姐姐们的衬衣，给她们缝花边。而她们呢，一直只管谈着应当穿什么式样。

"我呢，"大姐姐说，"我要穿我的红天鹅绒衣服，衬上英国花边。"

"我呢，"二姐姐说，"我只要穿我平常着的绣裙；可是在那上面，我还要披上我的金花外套，还要加上我的钻石项圈，那是最贵重的。"

她们请来了最好的女美容师，做了两重高的发髻，套上有皱边的帽子。她们叫灰姑娘给她们提些意见，因为她很有眼力。灰姑娘用最好的评语赞美她们，甚至给她们梳头，这是她们很愿意她做的。

当她正在为她们梳头的时候，她们对她说："灰姑娘，你愿意和我们一同到舞会去吗？"

"哎呀，小姐们，你们同我开玩笑吧，我哪里配！"

"对啊，你想，一个煨灶猫也加入舞会，这不是天大的笑话吗？"

换了别人，早就要把她们的头发弄乱了，可是灰姑娘的脾气是很温和的，她依旧把她们的头发梳得很光滑。她们差不多两天没有吃饭，她们真是快乐极了。她们弄断了一打多的束腰带，因为要竭力把腰身束细，她们还一天到晚照镜子。

后来，那快乐的一天到了。她们出门去了，灰姑娘老是盯着她们，到看不见时，她就哭了。她的教母看见她流泪，就问她为什么哭。

"我想……我想……"她呜咽不成声了。

她的教母是一位仙女，对她说："你想参加舞会，可不是吗？"

"啊啊，是呀。"灰姑娘长叹着说。

"那么，你乖乖地不要哭，我可以让你去，"她领她到她房中对她说，"到园中给我摘一个南瓜来。"

灰姑娘立刻去选了一个最好的南瓜来交给教母，不懂这南瓜怎样能使她到舞会去。

教母把南瓜挖空了，只剩下一个空壳子，用她的仙杖一点，那南瓜立刻变成一辆华丽的镀金马车。

接着她去看了看捕鼠笼，看见那里面有六只小老鼠，都还活着。她叫灰姑娘悄悄地打开笼门，每只老鼠跑出来的时候，她用仙杖点一点，于是每一只小老鼠就变成一匹骏马，这样六匹马排成了很好看的一队，都是美丽的鼠灰色斑的。用什么东西变马夫呢？教母有点儿为难了，灰姑娘就说："让我去看看，另外一只捕鼠机里可有老鼠？我们可以把它变做马夫。"

"你说得不错，"教母说，"你去看看。"

灰姑娘把另外一只捕鼠机拿过来，其中有三只大老鼠。那仙女从三只中选了一只，因为那只大老鼠有许多胡须。她用仙杖一点，大老鼠就变成一个肥胖的马夫，长着一嘴的胡子。

"到园里去，"随后她又说，"在水缸背后你可以找到六只蜥蜴，就把它们拿来给我。"

她立刻把它们拿来，教母把它们变成六个仆人。它们立刻站在马车后面，它们的衣服用花边镶着，好像是一向过着这种生活似的。于是仙女对灰姑娘说："好了，现在已经安排定当，可以参加舞会去了。你不是很快乐了吗？"

"是呀，可是我难道穿着这衣裳去吗？"

教母只用仙杖点了一点，灰姑娘的衣裳就变成金银色的，还镶着珠宝。教母随后又给她一双玻璃的小舞鞋，这是世界上最美丽的小舞鞋。

灰姑娘这样装束好了以后，上了马车，可是教母对她说，上面一切的东西都不能维持过半夜，教母警告她：要是她在舞会中延迟了一分钟，她的马车就会依旧变回南瓜，她的马就会变回小老鼠，她的马夫就会变回大老鼠，她的跟班就会变回蜥蜴，她的衣裳也会恢复原状。

她答应她的教母不到半夜就离开舞会。她快乐得像发狂一般。王子得到报告，说有一位无人知晓的贵公主到了，就立刻跑出去迎接她。他扶她下车，引她到大厅里，那里宾客都聚集着。

这时立刻就寂静下来：大家停止了跳舞，弹琴的停止了奏乐，每个人都欣赏着这不知名女子的惊人美丽。除了那"啊！她是多么美丽！"的低语，一点儿声息也没有。

老国王本人也定睛看着她，对王后说，他很久没有看见过这样美丽、这样可爱的人了。

那些贵妇人都仔仔细细地看她的头饰和衣裳，打定主意在第二天仿制，预备选最美丽的好材料，叫最好的裁缝来做。

王子请她坐到最尊贵的座位上去，然后请求和她跳舞。她跳得那样的美妙，使大家益发佩服她了。丰盛的筵席摆下了，王子却一点儿也吃不下，他默默地看着她，他的心已经被她抢去了。灰姑娘走过去坐在她的两位姐姐旁边，对待她们很客气。她把王子给她的橘子和橙子分给她们吃。这使她们很惊异，因为她们一点儿也不认识她。

灰姑娘和她们谈话的时候，忽然看见时钟指向十一点三刻。她就向宾客们深深地行了礼，匆匆地走了。她回到家中，就找她的教母，向她道过谢以后，说第二天的舞会她还想去，因为王子已经邀请了她。当她正在和教母谈到在舞会里的经过时，她的两个姐姐已经在敲门

了。灰姑娘出来开了门。

"你们去了这么久！"她向她们说，打着呵欠，擦着眼睛，伸着懒腰，好像刚从梦中醒来一般。其实自从她们出门以后，她一刻也没有睡过。

"假如你也在舞会里，"她的一个姐姐对她说，"你就会不觉得疲倦。舞会中来了一位美丽的公主，那种美丽是我从没有见过的。她对我们很客气。她还给我们橙子和橘子。"

灰姑娘快乐极了！她问她们那位公主叫什么名字？可是她们回答说没有一个人知道。那王子还因此非常烦恼呢，他宁愿舍弃一切来知道她的名字。

"那么她是很美丽的啦！"灰姑娘微笑着说，"天啊！你们多么幸福！我不能见见她吗？啊！夏洛特姐姐，你可以把你每天穿的黄色衫子借给我吗？"

"不错！"夏洛特小姐说，"我愿意！把衫子借给像你这样的一个煨灶猫！我真是发疯了！"

灰姑娘很愿意被她拒绝，她对于这拒绝很满意，因为假使她的姐姐真的把衫子借给她，倒反使她很为难了。

第二天，两个姐姐上舞会去，灰姑娘也去了，可是比第一次穿得更加美丽了。王子一刻也不离开她，不停地向她低声说话。

灰姑娘快乐得把教母吩咐她的话都忘了，她起初还以为连十一点都不到，哪知时钟开始敲十二下了。她突然起身，像小鹿一般地奔跑出去。王子追着，可是没有追上。她落下了一只玻璃舞鞋，王子便把那只玻璃鞋尊重地拾起来。灰姑娘到家时，几乎气都喘不过来了，也没有马车，也没有跟班，穿着破衣衫，除了一只玻璃舞鞋，她的华丽衣服都没有了，另外一只舞鞋也丢了。

王子问守宫门的守卫有没有看见一位公主出去。他们回答说，除了看见一个衣衫褴褛的姑娘出去，什么也没有看见，而那姑娘，与其说她是一位公主，不如说她是一个乡下姑娘。

两个姐姐从舞会里回来，灰姑娘问她们是不是和昨晚一样受到优待，那美丽的公主是不是也到了。两个姐姐对她说是的，可是到钟敲十二下的时候，她就立刻奔出去，奔得那样的匆促，把一只小玻璃舞鞋都落下了，那舞鞋是世界上最美丽的。她们又说，王子把那只玻璃舞鞋拾起来，不停地看着，从这点看来，无疑的，他已经爱上了那小舞鞋的主人了。

她们的话是对的，因为在几天之后，王子发命令由号筒宣布：谁能恰好穿上那只玻璃舞鞋，他就和她结婚。

他们先给公主们试，然后给爵女们和宫中的女子们试，可是都不中用。后来拿到灰姑娘的两位姐姐家里去，她们用尽平生之力把脚塞到那只舞鞋里去，可是终究不成功。灰姑娘看着她们，认出了自己的舞鞋，笑着说："让我看看可不可以穿上吧。"

两个姐姐笑起来，嘲弄她。

那位被派来试鞋子的人，仔细看着灰姑娘，觉得她长得美丽，就说他接到命令，任何女子都可以一试，并没有例外的。他请灰姑娘坐下来，把那只舞鞋套上她的脚，他看见她很容易地将它穿上，和蜡制一般的服帖。她的两个姐姐大为惊奇。尤其使她们惊奇的，就是灰姑娘从袋中又取出一只舞鞋来，穿在另一只脚上。

这时教母也到了，在灰姑娘的衣裳上用仙杖点了一点，它立刻变得比从前更华丽了。

那时两个姐姐才认识她就是在舞会里所见的最美丽的人。她们都拜倒在她的脚下，求她饶恕她们从前对她的虐待。

　　灰姑娘扶她们起来，拥抱着她们说，她已经完全饶恕她们了，还要请她们永久深深地爱她。她们引她到青年王子那儿，装束得很合身。他觉得她更加美丽，几天后，他们便结婚了。

　　灰姑娘的善良和她的美丽一样，她叫她的两个姐姐住到宫里去，就在同一天，让她们和宫中的两位贵人结了婚。

（戴望舒／译）

　　沙尔·贝洛（1628~1703），法国诗人、作家。曾当过律师和皇家建筑总监。善于对源于法国等欧洲国家的传说故事进行精心的加工和再创作，其改写的《鹅妈妈的故事》是最早为儿童编写的童话故事集，其中有《灰姑娘》《小红帽》《林中睡美人》《小拇指》《蓝胡子》《穿长靴的猫》《仙女》等脍炙人口的佳作。这本童话集一问世就受到法国甚至全世界孩子们的欢迎，成为一本家喻户晓的经典读物。

小狐狸买手套

〔日本〕新美南吉

寒冷的冬天从北方来到了狐狸母子居住的森林。

一天早上，小狐狸刚要出洞去，突然啊地喊了一声，两只手捂住眼睛，滚到狐狸妈妈的身边，说："妈妈，眼睛不知扎上什么东西了，给我擦一擦！快点儿！快点儿！"

狐狸妈妈吃了一惊，有点儿发慌。它小心翼翼地把小狐狸捂着眼睛的手掰开看了看，眼睛里什么也没有扎上。狐狸妈妈跑出洞去，这才恍然大悟。原来昨天晚上下了一场很厚很厚的雪，白雪被灿烂的阳光一照，反射出刺眼的光，小狐狸还没见过雪，受到刺眼的反射光，误以为是眼睛里扎进什么东西了。

小狐狸跑出去玩儿了。它在丝绵似的柔软的雪地上兜着圈子，溅起的雪粉像水花似的飞散，映出一道小小的彩虹。

突然，后面发出可怕的声音："呱嗒，呱嗒，哗啦！"

像面粉似的细雪，哗啦一下，向小狐狸盖下来。小狐狸吓了一跳，在雪中像打滚似的，朝对面逃出去好远，心想："这是什么呀？"它扭回头瞧了瞧，但什么异常情况也没有，只有雪像白丝线似的从树枝间不停地往下落着。

过了一会儿，小狐狸回到洞中，对妈妈说："妈妈，手冷，手发麻了。"

它把两只冻得发紫的湿手，伸到妈妈面前。狐狸妈妈一边呵呵地往小狐狸手上呵气，一边用自己暖和的手，轻轻握着小狐狸的手，说："马上就会暖和起来。妈妈给暖暖，很快就会暖和的。"

狐狸妈妈心里想："可爱的小宝宝，要是手上生了个冻疮就可怜了。等天黑以后，去镇上给小宝宝买双合适的毛线手套吧。"

黑乎乎的夜幕降临了，把原野和森林笼罩起来，但雪太白了，无论夜幕怎样包，仍然露出雪光来。

狐狸母子俩从洞里走出来。小狐狸钻在妈妈的肚子下面，一边走着，一边眨着滴溜圆的眼睛，好奇地看看这儿，看看那儿。

不久，前方出现了一点儿亮光。小狐狸看到后，就说："妈妈，星星掉到那儿了，是吧？"

"那不是星星。"狐狸妈妈说着，不由自主地停住了脚。

看到镇上的灯光，狐狸妈妈想起了有一次和朋友到镇上去遇到的倒霉事。当时，狐狸妈妈一再劝说，不要偷东西，但朋友不听，想偷人家的鸭子，结果被人发现，好不容易才逃了出来。

"妈妈，站着干什么呀？快点儿走吧。"尽管小狐狸在妈妈的肚下催促，可狐狸妈妈怎么也不敢往前走了。它想啊想啊，怎么也想不出一个买手套的好办法，只好让小狐狸独个儿去镇上。

"宝宝，伸出一只手来。"狐狸妈妈握住小狐狸伸出的那只手，不大会儿工夫，那只手变成了可爱的小孩手了。小狐狸把那只手伸开，握住，又掐，又嗅。

"真奇怪啊，妈妈，这是什么呀？"小狐狸说着，借着雪光，又仔细端详起那只变了形状的手。

"这是小孩手，宝宝。去了镇上有很多人家。首先要找挂着黑色大礼帽招牌的人家，找到后，咚咚地敲敲门，然后说'晚上好'。你这样做了，人就会从里面把门打开个缝，你从门缝里把这只手，哦，就是这只小孩手伸进去，说：'请卖给我一副合适的手套。'明白了吗？可不能把那只手伸进去啊。"狐狸妈妈耐心地教导着小狐狸。

"为什么要这样做呢？"小狐狸不解地反问道。

"因为人要是知道你是狐狸的话，不但不卖给你手套，还要抓住你往笼子里关呢！人哪，真是可怕的东西啊！"

"嗯。"

"千万不能把那只手伸进去。噢，要把这只，瞧，把这只小孩手伸进去。"狐狸妈妈说着，把带来的两个白铜钱，塞进小狐狸的那只小孩手里。

小狐狸在映着雪光的原野上，摇摇摆摆地朝着镇上的灯光走去。

开始只有一个灯，接着出现两个，三个，后来增加到十几个。小狐狸看着灯光，心里想："灯就像星星似的，有红的，有黄的，还有蓝的！"

不久，到了镇上。大街上，家家户户都已经关了门，只有柔和的灯光，透过高高的窗户，映在街道的积雪上。

不过，门外的招牌上，大都点着小电灯泡。小狐狸边看招牌，边找帽子店。有自行车招牌、眼镜招牌，此外还有很多很多的招牌。那些招牌有的是用新油漆写上的，有的像旧墙壁似的已剥落了。第一次到镇上来的小狐狸，不明白那些到底是什么。

　　小狐狸终于找到了帽子店。这是妈妈在路上曾仔细告诉过它的。画有黑色大礼帽的招牌，在蓝色灯光的照耀下，挂在门前。

　　小狐狸按照妈妈教的，咚咚咚敲了敲门，问道："晚上好。"里面响起咯噔、咯噔的声音。然后，门嘎吱一声开了一寸左右的缝。一道灯光穿过门缝，长长地映在街道的白雪上。

　　小狐狸的眼睛让灯光一晃，一下子慌了起来，把不该伸进去的手从门缝里伸了进去，说："请卖给我一双合适的手套吧。"

　　帽子店的人看到这只手，不由得哎呀了一声。他想："这是狐狸手呀，狐狸买手套一定是拿树叶来买了。"于是，他说："请先交钱。"

　　小狐狸握着两个白铜钱，老实地交给了帽子店的人。

那人用食指弹弹，然后互相敲敲，发出好听的叮叮声。他想："这不是树叶，是真正的铜钱，便从柜子里取出小孩用的毛线手套，放到小狐狸的手里。"小狐狸说了声"谢谢"，就离开了帽子店。它顺着来的路一边走，一边想："妈妈说人是可怕的东西，可今天的事却并没感到人有什么可怕。"

当它正要从一个窗户下走过时，忽然听到人的声音。啊，这是多么慈祥，多么好听，多么稳重的声音呀！

"睡吧，睡吧，

躺在妈妈的怀里，睡吧，睡吧，

枕在妈妈的胳膊上。"

小狐狸想："这声音肯定是小孩妈妈的声音。因为每当我困了想睡觉时，狐狸妈妈也是用这样慈祥的声音，摇着它睡着的。"

接着，是小孩的声音："妈妈，这么冷的晚上森林里的小狐狸冷不冷？"

又是小孩妈妈的声音。

"森林里的小狐狸啊，听着狐狸妈妈的歌，在洞里就要睡着了。好宝宝快睡吧，看看宝宝和狐狸哪个睡得快。

一定是宝宝睡得快。"

小狐狸听到这儿，忽然想起妈妈来了。它飞快地朝着妈妈等候的地方跑去。

（杜丽蓉／译）

新美南吉（1913~1943），日本儿童文学作家，与作家小川未明、宫泽贤治齐名，有"北宫泽、南新美"之誉。出生于日本爱知县，毕业于东京外国语学校。其童话语言优美、情节曲折、寓意丰富，尤擅长以儿童的心理进行创作，被誉为"日本的安徒生"。其作品多篇被选入中小学课本。代表作有《去年的树》《小狐狸买手套》《花木村和盗贼们》《小狐狸阿权》等。

去年的树

〔日本〕新美南吉

一只鸟儿和一棵树是好朋友。鸟儿坐在树枝上，天天给树唱歌。树呢，天天听着鸟儿唱。

日子一天天过去，寒冷的冬天就要来到了。鸟儿必须离开树，飞到很远很远的地方去。

树对鸟儿说："再见了，小鸟！明年请你再回来。还唱歌给我听。"

鸟儿说："好的，我明年一定回来，给你唱歌，请等着我吧！"鸟儿说完，就向南方飞去了。

春天又来了。原野上、森林里的雪都融化了。鸟儿又回到这里，找她的好朋友树来了。

可是，发生了什么事情呢？树，不见了，只剩下树根留在那里。

"立在这儿的那棵树，到什么地方去了呢？"鸟儿问树根说。

树根回答："伐木人用斧子把他砍倒，拉到山谷里去了。"鸟儿向山谷里飞去。

山谷里有个很大的工厂，锯木头的声音沙——沙——地响着。

鸟儿落在工厂的大门上。她问大门说："门先生，我的好朋友树在哪儿，您知道吗？"

门回答："树嘛，在厂子里给切成细条条儿，做成火柴，运到那边的村子里卖掉了。"

鸟儿向村子里飞去。

在一盏煤油灯旁，坐着个小女孩。鸟儿问小女孩："小姑娘，请告诉我：你知道火柴在哪儿吗？"

小女孩回答说："火柴已经用光了。可是，火柴点燃的火还在这个灯里亮着。"

鸟儿睁大眼睛，盯着灯火看了一会儿。

接着，她就唱起去年唱过的歌儿，给灯火听。

唱完了歌儿，鸟儿又对着灯火看了一会儿，就飞走了。

（孙幼军／译）

小房子

〔美国〕蓓 顿

　　从前，在乡村里有一幢小房子，这座小房子非常可爱，也很结实。盖这幢小房子的那个人说："这幢小房子绝不能出售，我们的子孙后代必须永远居住在这幢房子里。"

　　小房子坐落在一座小山上，周围是绿油油的田野。小房子幸福极了。清晨她看着太阳从东方冉冉升起，傍晚又看着太阳慢慢地落下。日复一日，大地万物都在一点点儿地变化，但是小房子却依然如故。

　　夜里，小房子看着月亮由一弯细细的新月渐渐地变圆，又看着它由圆渐渐地成为一弯残月。没有月亮时她就看星星。城市的灯火在很远很远的地方闪闪发亮。小房子对城市可好奇了，她很想知道住在城市里是什么滋味。

　　岁月如梭，田野也随着季节的变化而变换着自己的

颜色。春天里白天的时间变长了，阳光也比冬天暖和多了，小房子开始等候从南方飞来的第一只知更鸟。她看着草地变绿了，树枝发出了新芽，苹果树上也开满了花，孩子们开始到小溪边嬉戏玩耍。

长长的夏日里，小房子坐在阳光下，看着小树用树叶给自己遮阴。山坡上开满了白色的雏菊。园子里的蔬菜茂盛极了，苹果也变红，渐渐成熟。她还看见孩子们到池塘里去游泳呢。

秋天来到了，白天开始变短，晚上也有些凉意了。第一场霜降过后，树叶开始变黄。小房子看见人们在庆贺庄稼丰收。她还看到苹果被摘下来了，孩子们也开始回学校上学去了。

在寒冷的冬天，夜晚变得很长，白天却很短。天空雪花飞舞，大地白茫茫一片。孩子们开始去滑雪或者溜冰。

年复一年，苹果树老了，又栽上新树。孩子们都已长大，纷纷去了城市……现在，晚上城市的灯火好像又走近了许多，也显得更亮了。

一天，小房子很惊喜地发现一辆不用马拉的车在曲曲弯弯的乡村小道上行驶……不久，这种车越来越多地出现在路上，马车越来越少了。不久又来了一些测量员，他们在小房子前面又是测量，又是计算，可忙了。不久来了一辆推土机，在开满雏菊的山坡上辟了一条路。后来又开来了许多卡车，在路上铺上大石头，又运来许多小石子，接着又运来黑色的柏油和沙子，开来了压路机，把路压平，一条平坦又结实的路就修好了。

现在小房子整天看着汽车来来往往，出出进进忙个不停。加油站、路标……许多的房子都随着这条路的建成而来到。现在生活的节奏比以前快多了。

路越修越多，整个大地被分割成一块一块的。房子也越盖越多，越盖越大。公寓、出租房屋、学校、商店、汽车修理厂等，到处可见，把小房子团团围住。只是没有人愿意住在小房子里，没有人愿意照看她了。因为她是不允许出售的，所以只好待在那儿看着别人。

如今夜晚再也不是安宁静谧的了。城市的灯光已离她很近很近，非常耀眼，街灯彻夜通明。

大概我现在是住在城市里了，小房子这样想。她也不知道自己是否喜欢这样的生活。她思念开满雏菊的田野，思念月光下婆娑起舞的苹果树。

不久，小房子面前有许多电车开来开去，它们不分白天黑夜地跑。每个人好像都很忙，总是急匆匆的。

不久，高架铁路又矗立在小房子头顶上，空气中满是烟雾和灰尘，巨大的噪音把小房子都震得发抖。现在她怎么也分不清春、夏、秋、冬了，她觉得一切都是一个样子。

不久，小房子的地底下又建起了地铁，小房子虽然看不见，却可以感觉到地铁列车在身下通过。人们好像更忙了，他们的动作比以往更快，更没人注意小房子了，从她身边走过时连看都不看她一眼。

不久，人们又把小房子周围的公寓和出租房屋全部推倒，并在小房子两边各挖了一个很大很深的地窖。挖土机在左边挖下三层楼深，在右边挖下四层楼深，然后，又盖起大房子，左边高二十五层，右边高三十五层。

如今，小房子只有中午才能看见太阳。夜里街上的灯光太亮，她既看不见月亮也看不见星星。她一点儿也不喜欢住在城市里。可怜的小房子晚上常常做梦，梦见可爱的乡村，开满雏菊的田野，还有月光下起舞的苹果树。

小房子可伤心了，她觉得太孤独。她身上的油漆开始剥落，脏得要命。窗子也破了，屋檐也耷拉下来，整个房子看上去破烂不堪……当然地基还是相当牢固的。

一个美丽的春日清晨，小房子主人曾孙的曾孙女从她面前路过，看见了小房子的破烂样儿，不过她却没有置之不理。小房子的外表使得她停住脚步仔细观看。

她对丈夫说："这幢小房子很像我奶奶住过的那幢，那时她还是个小姑娘。只不过那幢房子在郊外的一个小山坡上，那里到处都开满了雏菊，长满了苹果树。"

他们发现两幢房子很相像，因此就跑去找来搬运工，看看是否能把这幢房子搬走。搬运工在小房子的四周看了看，然后说："当然可以。这幢房子好着呢，很结实，想要把她搬到哪儿都行。"就这样，他们把小房子抬起来装上卡车。为了把小房子移出城去，整个城市的交通都中断了几个小时。

刚坐上车时，小房子可害怕了，可是习惯了之后，她反倒喜欢坐车了。他们走了大路又走小路，终于看到一片辽阔的原野。

小房子看到绿色的草地，听到小鸟的欢唱，再也不感到伤心了。他们走呀，走呀，可是怎么也找不到一个合适的地方。

他们把小房子搁到这儿，又搁到那儿，都觉得不太合适。最后他们看到了一片草地，一个小山坡……四周长满了苹果树。

"那儿！"小房子主人曾孙的曾孙女喊道，"那儿最合适。"

小房子自言自语："是啊，就是这儿。"他们在山坡上挖了一个洞，然后慢慢地把小房子搬上了山坡。

小房子的门窗重新被加固，整个房子又重新漆成了粉红色。小房子又重新安家了，她觉得非常幸福。她又能看见太阳、月亮和星星了。

她又能看见春去秋来，季节变化了。

又有人住在房子里，又有人照看她了。

她再也不会对城市的生活好奇了，再也不想住在那儿了。星星在她头上眨眼，一弯新月闪着银白色的光芒。春天来了，原野上一片安宁静谧。

（寇 珊　殷静宇／译）

维吉尼亚·李·蓓顿（1909~1968），美国作家。生于美国马萨诸塞州。从小受家庭的熏陶，对图画书兴趣极大，后从事专业素描工作。写作中，喜欢把作品一遍又一遍地念给孩子听，在观察孩子的反应之后，加以修正。代表作有《乘火车去》、《迈克·马力干和他的蒸汽铲车》、《加里可，一匹奇迹马》，获得 1943 年凯迪克金奖的《小房子》、获得 1948 年凯迪克银奖的《罗宾·胡德之歌》以及集大成之作《生命故事》。

小叶夫塞的奇遇

〔苏联〕高尔基

小叶夫塞是个很好很好的孩子。有一回他坐在海边钓鱼。

等鱼上钩可是桩挺乏味的事。天气又热。小叶夫塞无聊得打起盹来，扑通，落到水里去了。

他落到了水里，可没什么，他一点儿不怕，他轻轻地游着，游着，往水里一钻，转眼就到了海底。

他坐在一块石头上，那上面软绵绵地铺着一层红褐色的海藻。往四下里一看——美极了！

一只鲜红的海星不急不忙地在爬。一些长胡子的龙虾在石头上威风十足地爬。一只螃蟹横着爬。所有的石头上满是大樱桃似的海葵。到处是各式各样有趣的东西：这里是海百合花在晃动开放，动作灵活的小虾像苍蝇似的闪来闪去；那里是一只海龟在慢吞吞地游着，在它硬邦邦的背上，有两条绿色的小鱼在飘舞，像空中的蝴蝶；再往那边，有一只寄居虾在白石上挪动着它的甲壳。小叶夫塞瞧着这只寄居虾，甚至背出了一句诗：

这是房子，不是亚科夫爷爷的大车……

他忽然听见头顶上有呜呜呜说话的声音，听着就像吹黑管："您是谁？"

抬头一看，是条奇大无比的鱼，青银色的鱼鳞闪闪发亮。它鼓起眼睛，龇着牙，和颜悦色地微笑着，就像已经烧熟，躺在桌子上的盘子里了。

"是您说话吗？"小叶夫塞问它。

"是——我……"

小叶夫塞很奇怪，生气地问道："您这是怎么啦？鱼可是不会说话的！"

他心里想："真没想到！德国话我一点儿不懂，鱼的话却一下子懂了！嗨，多棒！"

他很神气地回过头看，一条五颜六色的小鱼在他身边顽皮地打转，笑着说："你们瞧！来了个大怪物，长两条尾巴的！"

"身上鳞也没有，呸！"

"鱼鳍也只有两个！"

有几条小鱼胆子更大，一直游到他鼻子跟前，逗他说："好怪，好怪！"

小叶夫塞给气坏了，心里说："这些混蛋！连面前是个地地道道的人也不知道……"

他想抓住它们，可它们溜开了，游来游去，用嘴你碰碰我，我碰碰你，合唱起来，又去逗弄大虾：

石头底下有只虾，

大啃特啃鱼尾巴。

鱼尾巴，干巴巴，

苍蝇滋味尝过吗？

大虾狠狠地晃动胡子，伸出钳子，吼叫着说："你们要是落到我手里，我把你们的舌头也剪掉！"

小叶夫塞心想："多么厉害！"

那条大鱼缠着他说："您说所有的鱼都是哑巴，这话哪儿听来的？”

"爸爸说的。"

"爸爸是什么东西？"

"没什么特别的……跟我一样，只是比我大，还有胡子。只要不发脾气，倒是挺和蔼的……"

"他吃鱼吗？"

小叶夫塞一听就怕了："说吃就糟啦！"他抬起眼睛，透过海水看见暗绿色的天空、天空上铜盘似的黄色太阳。这小家伙想了一下，扯了个谎说："不，他不吃鱼，刺太多了……"

"多没知识！"大鱼气得叫起来，"我们不都是多刺的！就说我这种鱼吧……"

小叶夫塞心想，得换个话题，于是有礼貌地问道："您到我们上面去过吗？"

"谁要去！"大鱼气呼呼地哼了一声，"到那里气也透不过来……"

"可那儿有苍蝇……"

大鱼绕着他转了个圈，凑到他鼻子前面停下来，忽然问他："苍——蝇？你到这儿来干吗？"

"哎呀，要动口了！"小叶夫塞心想，"它要吃我啦，这傻瓜！"

他装作没事儿似的回答说："没什么，溜达溜达……"

"嗯？"大鱼又哼了一声，"说不定你已经淹死了吧？"

"胡说！"小家伙气得叫起来，"没有的事！我这就站起来……"

他想站起来，可站不起来：像给厚被子裹住了，身也没法转，动也不能动！

他想："我这就要哭了。"可是他马上想到，哭没意思，在水里看不到眼泪，于是他决定不哭，也许有什么办法能够摆脱困境。

天啊！他身边聚拢了各种各样的居民，多得数不清！

一条海参爬到他脚边来，样子活像一只画坏了的小猪，它嘶嘶地说："我想靠近些以便更好地看看您……"

海胆在他鼻子前面抖动，呼噜呼噜吐气，骂小叶夫塞说："稀奇稀奇真稀奇！不是鱼，不是虾，也不是软体动物，哎呀呀！"

"等着吧，我长大后或许还当飞行员呢。"小叶夫塞对它说。

这时一只龙虾爬上他的膝盖，转动它眼睛缝里的眼珠，很客气地问道："请问，现在几点啦？"

一条乌贼鱼像块湿手绢似的游过。到处是管水母，一闪一闪，像些小玻璃球。他一只耳朵让小虾弄得痒痒的，另一只耳朵也让什么好奇的东西搔弄着。甚至还有一些小虾在他头上爬，钻到头发里来拉头发。

小叶夫塞心里哎哟哟！地直叫，可是尽力装得若无其事，温柔地看着大家，就像爸爸做错了事，妈妈对他发脾气时的样子。

四面八方都是鱼，无数的鱼，它们轻轻地扇动着鱼鳍，对小家伙鼓起像袋鼠一样无味的圆眼睛，咕噜咕噜地说："他没胡子也没鳞，怎么能活呢？我们鱼可不能把尾巴一分为二！他不像大虾又不像我们——一丁点儿也不像！这怪物跟难看透顶的章鱼不会是亲戚吧？"

小叶夫塞气呼呼地想："这些傻瓜！我去年俄语还得了两个四分呢……"

他装作什么也没听见，甚至想若无其事地吹吹口哨，可是吹不成：水要冲进嘴巴，把嘴巴封住，像个塞子似的。

多嘴多舌的大鱼还是不住地问他："您喜欢我们这儿吗？"

"不……哦，是的，喜欢喜欢……我有个家……也很好。"小叶夫塞答道。可又害怕起来，心里说："天啊，我说什么来啦！它一生气，就要吃掉我了……"

于是他说："咱们玩个什么吧，我乏味透了……"

那条多嘴多舌的鱼听了很高兴，笑起来，张大圆圆的嘴巴，连粉红色的鱼鳃也看到了。它甩甩尾巴，尖牙闪闪发亮，用老太婆的嗓音大叫："玩个什么？好啊！玩个什么，好极了！"

"咱们游上去吧！"小叶夫塞出了个主意。

"干吗游上去？"大鱼问他。

"已经在海底,可没法子游下去了! 再说上面有苍蝇。"

"苍——蝇! 您爱苍蝇?……"

小叶夫塞只爱妈妈、爸爸和冰淇淋,可是他回答说:"是的……"

"那好! 咱们就游上去! "大鱼说着把头冲着上面,小叶夫塞一把抓住鱼鳃,叫道:"游吧! "

"等等! 怪物,您的爪子伸到我的鱼鳃里头来了……"

"没关系! "

"怎么没关系? 一条普通鱼,不呼吸就活不了啦。"

小家伙大叫:"老天! 你怎么净抬杠? 要玩就好好玩……"他心想:"只要它把我带上去一点儿,我就能蹿上去了。"

大鱼像跳舞似的游起来,高声大唱:

把鱼鳍拍拍,

把尖牙磨快,

找一顿好菜,

狗鱼猛向鳊鱼追过来!

小鱼在周围打转，一起合唱：

结果怎么样？

白白忙一场，

鳊鱼没吃上，

结果就是这个样！

游啊，游啊，越到上面游得越快越轻松，小叶夫塞一下子觉得脑袋蹦到水面上来了。

"噢！"他一看，是个大晴天，阳光照在水上，绿油油的水拍打着海岸，哗啦啦，在唱歌。小叶夫塞的钓竿远远离开了海岸，在海上漂啊漂啊，可他自己坐在石头上，刚才他就是从那石头上落到水里去的。他浑身都已经干了。

"嗨！"他对太阳笑着说，"我可从水里钻出来啦。"

（任溶溶／译）

玛克西姆·高尔基（1868~1936），苏联著名作家、诗人、评论家、政论家、学者。社会主义现实主义文学奠基人，无产阶级艺术最伟大的代表者、无产阶级革命文学导师、苏联文学的创始人之一。1892年用笔名"玛克西姆·高尔基"发表处女作短篇小说《马卡尔·楚德拉》，从此专心从事写作。代表作品有《海燕》《母亲》《童年》《在人间》《我的大学》等。